Bibliothek der
phantastischen Abenteuer
Herausgegeben von
V. C. Harksen

Über dieses Buch John und Margaret, zwei junge Engländer, machen mit ihren Eltern eine Schwarzwaldreise. Bei einem Picknick im Freien nahe dem verrufenen Wolfswald sehen sie plötzlich einen weinenden, seltsam altertümlich gekleideten Mann. Neugierig folgen sie ihm im den Wald und finden eine verfallene Hütte. Dort begegnet ihnen ein gewaltiger Wolf, der zugleich aber auch der weinende Mann ist. Der böse Zauberer Almeric hat den getreuen Ritter Mardian in einen Werwolf verwandelt, der nachts töten muß und tagsüber machtlos sein Schicksal betrauert. Einst war er Ratgeber und Vertrauter seines Jugendfreundes Herzog Otho und erzog dessen Sohn, Prinz Crispin. Aber Almeric, der selbst nach der Macht strebt, will den Herzog töten und für den jungen Crispin regieren, der dann ebenfalls beseitigt werden soll. Um diesen Plan zu verwirklichen, hat Almeric Mardians Gestalt angenommen und ihn in seiner Wolfsgestalt aus dem Schloß getrieben. Nur eins konnte er ihm nicht abnehmen: ein goldenes Amulett, dessen Zwilling Herzog Otho trägt, ein Symbol ihrer jugendlichen Verbrüderung. Wenn man Otho Mardians Amulett zeigen und zugleich die Täuschung des falschen Mardian aufdecken könnte, wäre der Zauber gebrochen. Tagsüber ist jedoch Othos Burg so gut bewacht, daß Mardian als Mensch nicht eindringen kann; und nachts, als Wolf, würde man ihn sofort töten.
John und Margaret erklären sich bereit, Mardian zu helfen. Verkleidet werden sie von dem Wolf zu einem geheimen Eingang in die Burg geführt. Als Page und Edelmagd schleichen sie sich unter die Bewohner.

Über die Autorin Mary Stewart, eine der bekanntesten britischen Romanautorinnen, stammt aus Sunderland, County Durham. Sie studierte Englisch und Literatur, machte ein ausgezeichnetes Examen und wurde später selbst Dozentin an der Universität von Durham.
Ihr erster Roman erschien 1954. Seither hat Mary Stewart rund zwanzig weitere, sehr erfolgreiche Romane geschrieben, deren Heldinnen fast immer unternehmungslustige junge Frauen sind, die höchst erstaunliche, oft unheimliche, jedenfalls aber ungemein spannende Abenteuer erleben, hinter denen in der Regel ein Kriminalfall steckt.
Im Bereich des Phantastischen wurde Mary Stewart mit ihrer auch in Deutschland erschienenen Tetralogie um den Zauberer Merlin populär. Ein weiterer Roman mit stark phantastischem Einschlag ist ›Rühr nicht die Katze an‹.

Mary Stewart
Wolfswald

Roman

Aus dem Englischen
von Sabine Reinhardt

Fischer Taschenbuch Verlag

Veröffentlicht im Fischer Taschenbuch Verlag GmbH,
Frankfurt am Main, Juni 1986

Lizenzausgabe mit freundlicher Genehmigung
des Franz Schneider Verlags, München–Wien
Die englische Originalausgabe erschien 1980
unter dem Titel ›A Walk In Wolf Wood‹
bei Hodder and Stoughton Ltd., London

Umschlaggestaltung: Die Titelillustration von Claus-Dietrich Hentschel, Konstanz,
zeigt einen Ausschnitt seines Acrylbildes
»Unter Bäumen« (1981; 40 × 50 cm);
die Typographie besorgte Manfred Walch, Frankfurt am Main
Gesamtherstellung: Clausen & Bosse, Leck
Printed in Germany
780-ISBN-3-596-22712-7

Die Hauptpersonen

Margaret und John	zwei junge Engländer auf Schwarzwaldreise
Mardian	ein in einen Werwolf verwandelter Ritter
Herzog Otho	der Landesherr, einst Mardians Freund
Crispin	Othos Sohn
Almeric	ein verräterischer Zauberer

I

Eine seltsame Erscheinung

Auf einer Lichtung am Waldrand saßen die Geschwister John und Margaret gemütlich auf ihrer Decke und überlegten gerade, was sie unternehmen wollten, als plötzlich zwischen den dunklen Tannen ein Mann auftauchte und dicht an ihnen vorbeihastete. Er weinte bitterlich.

Gebannt starrten die Kinder hinter ihm her. Noch nie hatten sie einen Menschen so verzweifelt weinen sehen. Seltsam! Er schien sich überhaupt nicht darum zu kümmern, ob ihn jemand beobachtete. Er stürmte vorwärts, schluchzte herzzerreißend, rang zwischendurch nach Luft und stolperte dann über eine Baumwurzel. Die Tränen nahmen ihm die Sicht, aber er machte keine Anstalten, sie fortzuwischen. Sie liefen ihm über die Wangen und tropften auf den verblichenen Samt seiner Jacke.

Wie merkwürdig der Mann gekleidet war!

Der bunte, protzige Aufzug paßte weder zu seinem Alter noch zu seinem Aussehen. Er trug eine Art scharlachrotes Wams, das ihm bis zu den Schenkeln reichte und vorn mit goldenen Knöpfen besetzt war. Um die Hüften hing ein metallbeschlagener, fein gearbeiteter Ledergürtel, und unter dem Wams kamen blaugraue, ausgeblichene Beinkleider zum Vorschein, die wie Strumpfhosen aussahen. Die Füße steckten in abgewetzten Schuhen aus weichem Leder. Ein weiter Umhang wehte um seine Schultern. Die Kapuze hatte er vom Kopf geschoben, und sie lag wie ein großer Kragen um seinen Hals. So merkwürdig die Sachen auch erschienen, wirkten sie doch, als wären sie einmal sehr kostbar gewesen. Jetzt sahen sie allerdings schäbig und abgetragen aus.

Was konnte das bedeuten? War er auf der Flucht? Hier, an einem

einsamen Flecken im Schwarzwald, wo sich heute noch keine Menschenseele gezeigt hatte?
John und Margaret Begbie machten mit ihren Eltern eine Deutschlandreise. Heute hatten sie das Auto auf einem Parkplatz an der Straße abgestellt und waren, beladen mit Decken und Picknickkörben, den abschüssigen Weg in den Wald gelaufen. Wenige hundert Schritte entfernt hatten sie dann die einladende, mit Moospolstern überzogene Lichtung entdeckt. Ein alter, verwitterter Wegweiser zeigte irgendwohin, und ein riesiger Baumstumpf, grün von Flechten und Moos, stand dicht dabei. Hier gefiel es ihnen. Das war der richtige Platz für ein Picknick. Durch die Stämme hindurch konnte man das im Sonnenlicht liegende Tal erkennen. Ein kleiner Fluß schlängelte sich zwischen schwarzen Tannen, und auf einem felsigen Hügel stand eine verfallene Ritterburg, die sie sich am Vormittag angeschaut hatten. Sie konnten sogar die schmale hölzerne Brücke erkennen, die über den ausgetrockneten Wassergraben führte, und das kleine Haus, wo es Ansichtskarten gab. Sonst sah man, so weit das Auge reichte, nur Bäume... nichts als schwarze Bäume... Es war die ganze Zeit über sehr still im Wald gewesen. Ein paar Vogelschreie, ein Knacken im Unterholz, wenn ein Tier sich seinen Weg bahnte. Von der Straße her drang nicht das geringste Geräusch herüber, und niemand hatte sich auf dem Weg blicken lassen – bis dieser merkwürdige Mann so plötzlich aufgetaucht war. Mit eiligen Schritten, den Kopf gesenkt, war er nur einen guten Meter entfernt an ihnen vorbeigerannt und hatte die Kinder nicht bemerkt...
»Hast du den Dolch gesehen, der an seinem Gürtel baumelte?« flüsterte John, um den Vater nicht zu wecken, der Mittagsruhe hielt.
»Ja«, bestätigte Margaret. »Der gehört sicher zu seinem Kostüm. Denk doch an die Trachten der Volkstanzgruppe, der wir neulich abends in St. Johann zugeschaut haben. Die Männer hatten genau dieselben Messer. Sicher keine echten – ich meine nicht zum Gebrauch bestimmt.«
»Das glaube ich auch. Aber die Kleidung des Mannes hatte über-

haupt keine Ähnlichkeit mit den Trachten der Bauern. Sie sah so abgewetzt aus, als würde er sie jeden Tag tragen. Ich weiß nicht so recht, irgendwas ist da sehr komisch!« meinte John hilflos.
»Vielleicht ist er Förster oder so etwas Ähnliches.«
»Das kann ich mir nicht vorstellen. Hast du die schwere Kette mit dem großen Medaillon um seinen Hals bemerkt? Sie sah aus wie aus purem Gold. Weshalb sollte der Förster oder jemand anders, der nicht gerade ein Popstar ist, in solch einem Aufzug durch den Wald stapfen?« John runzelte die Stirn. »Die Kette war bestimmt eine Imitation. Die gehörte eben zu dem Kostüm.«
»Aber das war kein Kostüm, keine Verkleidung. Ich sage dir...«
»Sie war keinesfalls echt!« fiel ihm Margaret ins Wort. »Ein Medaillon, das so riesig ist, kann nicht aus Gold sein. Es wäre ein Vermögen wert. Und der Mann machte nicht gerade einen wohlhabenden Eindruck!«
»Aber er sah auch nicht wie ein Bauer aus«, entgegnete John trotzig. »Er erinnert mich an was... nur, es fällt mir einfach nicht ein. Wer immer er auch sein mag, er sah so...« Er hielt inne und suchte nach einem passenden Vergleich. »Er sah so altmodisch aus«, war alles, was ihm dazu einfiel. »Nicht nur seine Kleidung... auch er selbst.«
»Daß er uns überhaupt nicht wahrgenommen hat!« Margaret schüttelte den Kopf. »Tat, als wären wir nicht da!«
Neben ihnen bewegte sich Mr. Begbie unruhig im Schlaf. Eine Wildtaube flatterte mit heftigen Flügelschlägen aus einem der Wipfel auf. In der Ferne schrie ein Eichelhäher. In der schweren, schläfrigen Stille des Sommertages gab es genug zu hören, wenn man aufpaßte. Man brauchte sich nur hinzulegen und die Augen zu schließen. Da waren auf einmal Tausende von winzigen, feinsten Geräuschen, die vielleicht vom Wachsen der Bäume kamen oder von den Pilzen, die gerade ihre Kappen durch die dicke Schicht der Tannennadeln schoben, oder der Luft, die sanft durch die Zweige strich, weil die Sonne den Boden erwärmte und die Feuchtigkeit aus den Moospolstern nach oben stieg. Fast unhörbare Geräusche, Botschaften für wachsame Ohren. Und dann die

Insekten! Kreuz und quer durch die Stille drang das ewige Brummen und Summen vom Flügelschlag von Millionen kleiner Insekten: Mücken, Bienen, Wespen, Libellen. Der Wald summte still vor sich hin, und die Luft vibrierte.
Die Geschwister bekamen jedoch nichts von dem geheimnisvollen Leben des Waldes mit. Sie waren von ihrem Erlebnis völlig gefangen. Sie sahen sich an, und jeder wußte, was der andere dachte, wie das häufig bei Menschen vorkommt, die sich sehr gut kennen.
»Irgend etwas Schreckliches muß ihm zugestoßen sein«, flüsterte John. »Kein Unfall, nichts, wobei man verletzt wird – dafür gab es auch keine Anzeichen –, sondern etwas anderes... viel Furchtbareres.«
»Ja, als hätte er tief innen eine Wunde«, meinte Margaret, »und müßte allmählich daran verbluten, ohne mit jemandem darüber sprechen zu können.«
John, der älter und daher vielleicht ein wenig nüchterner als seine phantasievolle Schwester war, blickte erst zweifelnd drein, nickte dann aber. »Ja. Du hast recht. Der Mann muß in Schwierigkeiten stecken! So großen Schwierigkeiten, daß er nicht mehr wußte, was er tat und wohin er ging.«
Zwischen den dunklen Tannen war er verschwunden, von ihnen verschluckt wie eine Traumgestalt oder ein Gespenst. Merkwürdig, wie er ihre Gedanken fesselte! Die Geschwister begannen sich Vorwürfe zu machen. Sie hätten ihn nicht vorbeilaufen und mit all dem Leid seines Weges ziehen lassen dürfen, ohne ihm wenigstens ihre Hilfe anzubieten. Wahrscheinlich hätten sie nichts für ihn tun können. Trotzdem...
»Was meinst du, sollen wir ihm nachgehen?« schlug Margaret vor. »Nur, um zu sehen, wohin er verschwunden ist.«
Keiner von beiden wußte es zu sagen, warum es sie auf einmal so drängte, dem Fremden in den Wald zu folgen. Eigentlich konnten sie froh sein, daß er sie nicht bemerkt hatte. Und doch fühlten sie eine Art Zwang, der sie dazu brachte, alle Vorsicht außer acht zu lassen. Margaret war schon aufgesprungen. John, der für gewöhnlich viel überlegter handelte, zögerte nur kurz und folgte ihr.

»Gut! Aber wir sollten Papa vorher wecken und ihm Bescheid sagen«, meinte er.
Sie dachten einen Augenblick nach. Der Vater schlief jetzt recht fest, und sie erinnerten sich an die Male, wo sie ihn geweckt und sich dadurch seinen Zorn zugezogen und noch obendrein eine Predigt von ihrer Mutter bekommen hatten. Sie hörten noch die Worte: »Euer Vater muß hart arbeiten und braucht nötig seinen Schlaf. Laßt ihn bitte in Ruhe und spielt irgendwo anders . . .«
»Ich glaube, wir lassen es lieber«, flüsterte Margaret. »Jedenfalls so lange, bis wir wissen, daß etwas nicht in Ordnung ist. Sie sagen immer, wir sollen nicht stören, wenn er schläft, und schicken uns weg. Und sie haben uns doch beide vorgeschlagen, am Nachmittag ein bißchen spazierenzugehen.«
»Aber sie haben gesagt, wir sollten nicht weit weggehen!« warf John ein.
»Wir gehen ja auch nicht so weit. Außerdem muß ihnen doch klar sein, welchen Weg wir genommen haben. Es gibt ja nur den einen Pfad hier.«
»Einverstanden! Aber wir legen einen Zettel hin, auf den wir schreiben, wo wir hingegangen sind.«
John schrieb: »Wir wollen erforschen, wohin der Weg führt. J. und M.« Er riß das Blatt mit der Notiz ab und schob es mit der einen Ecke unter den Picknickkorb, der auf dem Baumstumpf stand, damit es nicht weggeweht werden konnte. Dann schlichen sie auf Zehenspitzen um den schlafenden Vater herum und liefen den Weg in den Wald hinunter.

II

Spuren im finsteren Wald

Der Pfad führte noch ein ganzes Stück weit steil nach unten und wurde erst weniger abschüssig, als er sich tief im dunklen Wald verlor. Für die ausladenden Kronen der Eichen und Buchen war hier kein Raum mehr, und weder Farn noch Brombeergestrüpp und auch keine Glockenblumen säumten den Weg. Nur die schlanken, geraden Stämme der Tannen standen wie Säulen da und trugen die Masse der dunklen Äste, die ein für die Sonne fast undurchdringliches Dach bildeten. Auch die samtigen grünen Moospolster waren vom Waldboden verschwunden. Dafür zeigte sich eine ganz andersartige, geheimnisvolle Pflanzenwelt. Zwischen den knorrigen Baumwurzeln und der dicken Schicht von Tannennadeln kamen Gruppen von seltsamen Pilzen zum Vorschein. Weiße, eiförmige Gebilde schossen hervor und entwickelten sich zu bizarren Stinkmorcheln. Unscheinbare, bräunliche Bälle entfalteten sich zu goldbraunen und lilafarbenen Ritterlingen. Und dazwischen schimmerten, zauberhaft und unheimlich, wie aus einem Märchenbuch, die großen, weißgetupften, roten Kappen der giftigen Fliegenpilze.

»Faß sie nicht an!« warnte John seine Schwester, als sie sich neugierig zu einem Pilz hinunterbückte.

»Tue ich auch nicht. Ist doch komisch, daß Fliegenpilze immer in den Geschichten von Elfen und Zwergen vorkommen. Da sitzen dann dicke Kröten drauf oder Gnome und verwunschene Wesen. Vielleicht, weil sie so dekorativ aussehen. Dabei finde ich, die anderen Pilze sind, wenn man sie sich näher anschaut, genauso schön. He, John, wo bist du mit deinen Gedanken?«

»Was?«

»Sollten wir nicht lieber umkehren? Mir kommt es vor, als seien

wir schon eine Ewigkeit gelaufen. Und nirgends ist eine Spur von dem seltsamen Mann.«
»Ja, du hast recht. Aber, sieh mal, da hinten bei der nächsten Biegung liegt ein Baumstamm quer über dem Weg. Laß uns noch bis dahin gehen.«
Der Baum, von dem John gesprochen hatte, war eine riesige Tanne, die, morsch vom Alter, umgestürzt war. Der Pfad schien sich völlig in der Tiefe des Waldes zu verlieren und wirkte wie ein finsterer Tunnel zwischen dunklen Pfeilern.
John schob die abgestorbenen Zweige, und was sonst noch unter dem Stamm begraben lag, mit dem Fuß beiseite. »Er muß hier entlanggekommen sein. Es gibt keine andere Möglichkeit. Er scheint sich die Mühe gemacht zu haben und ist außen um den Baum herumgegangen. Nein, hier ist die Stelle, wo er hinübergeklettert ist! Ich habe einen Fußabdruck in dem weichen Boden gefunden. Aber komisch! Er muß einen Hund bei sich gehabt haben. Hast du einen gesehen?«
»Nein!« Margaret drängte sich an ihren Bruder und spähte ihm über die Schulter. Ja, da war der Fußabdruck! Klar und deutlich hatte er sich in die weiche, feuchte Erde eingedrückt. Und einen Schritt weiter war der nächste, diesmal nicht ganz so ausgeprägt. Dazwischen fanden sich die Spuren von großen Pfoten, größer, als ihr Schäferhund Tray sie immer hinterließ.
»Dann können sie nur von einem Wolf stammen«, sagte John bedeutungsvoll. Er griff nach einem Ast und zog sich auf den umgestürzten Baumstamm. »Ja, das Tier ist hier rüber. Es sind Abdrücke vom Morast da, der an seinen Pfoten klebte. Es muß hier Wölfe geben. Vielleicht hatte der Mann deshalb ein Messer am Gürtel!«
Margaret sah sich voller Unbehagen um. Sie wußte eigentlich genau, daß John ihr nur einen Schreck einjagen wollte, aber in diesem riesigen, stockfinsteren Wald kam ihr der Gedanke an Wölfe gar nicht so abwegig vor. Ihr schauderte. »Was meinst du, kann es hier tatsächlich noch Wölfe geben?«
John, der gerade auf dem Stamm herumkletterte, grinste zu ihr

herunter. »Erinnerst du dich denn nicht mehr, daß Papa, als er unseren Ausflug plante, gesagt hat, der Wald hier hieße Wolfswald?«
Margaret bekam eine Gänsehaut. »Ja, aber die Wölfe sind hier doch bestimmt längst ausgestorben.«
»Da wäre ich nicht so sicher.« John schürte die Angst weiter. »Hast du den Namen auf dem alten Wegweiser gelesen?«
»Nein, der war doch so verwittert!«
»Doch. Wolfswald! Und ich sage dir, deshalb hatte der Mann auch das Messer bei sich.«
»Aber wenn es hier wirklich noch Wölfe geben sollte, dann wäre er doch mit einem Gewehr viel besser geschützt.«
»Paßt nicht zu dem Kostüm«, entgegnete John trocken. »Pfeil und Bogen hätten ihm besser gestanden. Mir ist inzwischen eingefallen, an wen er mich erinnert. Nämlich an... warte!« Er stockte und rutschte auf allen vieren den Baumstamm auf der anderen Seite hinunter.
»Was ist los?« fragte Margaret verwirrt.
»Margie, kannst du rüberkommen? Ich muß dir etwas zeigen. Das mit den Wölfen war nur ein schlechter Scherz von mir. Bitte, komm schnell her!« Johns Stimme klang sehr aufgeregt.
Margaret kletterte auf den Stamm und sprang mutig zu John hinunter, der mitten in einem Wirrwarr von abgebrochenen Ästen stand. Er zeigte zwischen seine Füße, und als Margaret genauer hinsah, entdeckte sie, wie durch die schon kahlen Zweige und abgefallenen Nadeln ein großes goldenes Medaillon an einer dicken, ebenfalls goldenen Kette schimmerte.
Flüsternd stieß sie hervor: »Beim Hinüberklettern muß er hängengeblieben sein. Und vor lauter Kummer...«
»Ja, er hat den Verlust bestimmt gar nicht bemerkt«, ergänzte John. Er bückte sich, holte vorsichtig die Kette zwischen dem Gestrüpp hervor und wog sie in der Hand.
»Ganz schön schwer! So ein Gewicht kann schon nach unten ziehen, und wahrscheinlich ist sie ihm über den Kopf gerutscht, als er sich nach vorn beugte. Guck mal, die Kette ist nirgends kaputt.«

»Was steht auf dem Medaillon?«
John hielt es auf der flachen Hand. Die Kinder beugten die Köpfe darüber. Es glänzte so stark, daß sie sogar in dem schummerigen Licht des Waldes jede Einzelheit erkennen konnten. Es sah aus wie eine große Münze. In der Mitte war der Kopf eines jungen Mannes mit schulterlangem Haar im Profil abgebildet. Er trug ein schmales Diadem. Unter dem Porträt stand ein Name: OTHO. Sie drehten das Medaillon um. Auf der Rückseite war nur ein einziges Wort eingeprägt: FIDELIS.
»Der Mann, den wir gesehen haben, kann nicht dieser Otho gewesen sein«, erklärte John. »Er ist älter und hat überhaupt keine Ähnlichkeit mit dem hier abgebildeten Kopf. ›Fidelis‹ ist lateinisch. Ich weiß das ganz genau, weil es das Motto unserer Schule ist. Es bedeutet ›treu‹.«
Margaret faßte voller Bewunderung die Kette an. Sie war herrlich gearbeitet, schwer, aber jedes Glied beweglich und fein verziert. »Ich glaube, sie ist echt«, sagte sie nach einiger Zeit ehrfürchtig. »Sie ist aus purem Gold. Bei dem Gewicht!«
John wog den Fund noch einmal in der Hand. »Ja, das Ding ist unheimlich schwer. Meine Güte, wenn das alles echt ist...« Er brach ab und sah sich um. Nichts zeigte sich auf dem Weg, der hinter der Biegung im Dunkeln verschwand.
»Wenn die Kette mit dem Medaillon echt ist«, meinte Margaret, »dann ist sie ein unvorstellbares Vermögen wert. Aber auch, wenn sie es nicht ist, will der Mann sie bestimmt zurückhaben. Vielleicht sollten wir doch noch ein Stück weitergehen und versuchen, ob wir ihn einholen!«
John nickte. »Inzwischen hat er sie sicher vermißt und ist umgekehrt. Wir gehen ihm entgegen. Wir können ja schlecht die Kette hier irgendwo an einen Ast hängen. Wenn sie wirklich echt ist, nimmt sie der nächste Spaziergänger mit. Eichelhäher sind auch ganz scharf auf blinkende Sachen, und Elstern erst recht. Ich habe vorhin einen Eichelhäher gehört.«
»Einverstanden. Aber laß uns rennen. Es wird schon langsam dunkel.«

»Das scheint nur so, weil die Bäume kaum Licht durchlassen. Bis zum Sonnenuntergang sind es noch Stunden. Wir gehen bis zur nächsten Biegung, und wenn er uns dann nicht entgegenkommt, kehren wir um.«

»Und was machen wir dann mit dem Medaillon?« fragte Margaret.

»Wir geben es Papa. Er wird schon wissen, was damit zu tun ist. Bei der Polizei abliefern, oder was in so einem Fall zu geschehen hat!«

Sie liefen los. Als sie zu der Biegung kamen, merkten sie, daß der Weg an dieser Stelle nur eine kleine Krümmung machte, hinter der nach wenigen Metern ein scharfer Knick folgte. Die Neugier trieb die Kinder weiter. Wieder kam eine Biegung...Tückische Wurzeln griffen wie Fangschlingen nach ihren Füßen. Spinnweben streiften ihre Gesichter. Es wurde immer finsterer. Margaret stolperte plötzlich, fand ihr Gleichgewicht im letzten Moment wieder und blieb atemlos stehen. John war ihr vorausgeeilt und schon nicht mehr zu sehen. Trotz der sommerlichen Wärme fröstelte sie.

»John! John! Laß uns umkehren!«

Stille. Sie merkte auf einmal, daß sie die Schritte ihres Bruders nicht mehr hörte. Kein Knacken von Zweigen, die unter seinen Füßen zerbrachen... Sie erschrak.

Doch da ertönte schon Johns Stimme: »Margie! Ich habe etwas gefunden! Komm her. Hier ist ein Haus. Alles in Ordnung!«

Erleichtert rannte sie weiter, bis sie ihren Bruder auf einem fast kreisrunden und rosig vom Sonnenlicht ausgeleuchteten Fleck entdeckte, der aussah, als fiele der Strahl eines Scheinwerfers auf eine dunkle Bühne. Eine Lücke in den Bäumen, gleich rechts neben dem Pfad, ließ die Sonne ungehindert durch, und dort wuchsen auch wieder Moos, Farnkraut, Brombeersträucher und sogar Blumen. Und einige davon waren Gartenblumen.

Und wirklich! Ein Stück weiter lagen die kümmerlichen Überreste eines Gartens. Er zog sich um eine kleine Hütte herum. Sie war winzig und völlig zugewachsen. Die moosbedeckten Wände und

das Strohdach hatten genau die Farbe der Lichtung und des Waldes angenommen. Es war fast unmöglich, sie in der weichen, nachlassenden Nachmittagssonne auszumachen. Eine verfallene, grünbewachsene Mauer trennte dieses eigenartige kleine Reich vom Wald.
»Ich wette, daß das sein Haus ist«, sagte John. »Er war auf dem Heimweg.«
»Na, das wirkt aber nicht gerade einladend. Kein Wunder, daß jemand weint, wenn er hierher zurück soll. Überall hängen Spinnweben, und die Tür ist bestimmt jahrelang nicht geöffnet worden.«
Sie bahnten sich einen Weg durch die kratzigen Brombeerranken und das hohe wilde Gras und Unkraut. An der Tür zur Hütte war ein Klopfer angebracht. Er war verrostet und ächzte widerwillig, als John ihn anhob. Aber er funktionierte und schlug gegen das alte Holz, das einen dumpfen, toten Laut von sich gab.

III

Beim Schrei des Käuzchens

Doch so heftig John auch klopfte, nichts rührte sich. Nur der unheimliche Klang und darauf eine lastende Stille. Niemand forderte die Kinder auf, hereinzukommen, und auch kein Fenster öffnete sich. Ab und zu ließ ein Knacken John und Margaret zusammenschrecken. Sie sahen sich an. Es schien wirklich niemand da zu sein, und trotzdem hatten sie das Gefühl, jemand – oder etwas – bewege sich in der Hütte oder habe sie eben erst verlassen und lauere jetzt, irgendwo verborgen. Es gibt kaum etwas Gespenstischeres als ein abgelegenes, halb verfallenes Haus, in dem sich nichts regt und das doch aus allen Fugen zu lauschen und zu beobachten scheint. Sogar die Bäume und der Garten hatten auf einmal Augen und Ohren.

»Er ist nicht da«, sagte John nach einiger Zeit sehr laut, als wolle er sich Mut machen.

»Er muß drin sein!« Margaret war völlig sicher, daß sich jemand in der Hütte verbarg. »Vielleicht hat er Angst, sich zu zeigen«, fügte sie noch hinzu.

»Blödsinn! Warum sollte er sich denn vor uns fürchten?«

»Ich hätte auch Angst, wenn ich so zurückgezogen im Wald lebte und plötzlich jemand daherkäme und an meine Tür hämmerte.«

»Du vielleicht! Aber er ist doch ein erwachsener Mann und...«

»Ich meine ja nicht, daß er sich richtig vor uns fürchtet. Aber er hat womöglich einen Grund, warum er sich hier verbirgt und nicht antworten will. Er hat doch so schrecklich geweint.«

John nickte. »Also, wir geben ihm noch eine Minute, damit er sich ein bißchen fängt, und dann versuchen wir es noch mal an der Hintertür. Und wenn sich dann wieder nichts rührt, kehren wir um, sonst kommen wir in die Dunkelheit.«

»Gut.«

Der Weg, der unmittelbar an der Hütte entlangführte, war ehemals sauber mit Steinplatten ausgelegt gewesen. Doch die Jahre und die mangelnde Pflege hatten ihnen schwer zugesetzt. Die Kletterpflanzen an den Wänden – hauptsächlich Efeu und Geißblatt – rankten in solcher Fülle, daß die Kinder nur mit Mühe durchkamen. Ranken verfingen sich in ihrem Haar, die hohen Gräser kitzelten sie an den Beinen und ließen Wolken von fliegenden Samen aufsteigen. Fliegen und Schmetterlinge, Bienen und dicke Hummeln schwirrten um ihre Köpfe, und von Schritt zu Schritt kam ihnen die Hütte verwunschener, märchenhafter vor.

Vorsichtig gingen sie bis zur Rückseite. Dort war nie ein Garten gewesen. Ein kleines viereckiges Stück freie Fläche war dem Wald abgetrotzt und mit Ziegelsteinen gepflastert. Eine dicke Moosschicht schluckte wie ein weicher Teppich ihre Schritte. In der Mitte des Hofes befand sich ein Brunnen. Über der aus Ziegeln gemauerten, ebenfalls bemoosten Einfassung erhob sich ein Gestänge, an dem ein Seil mit einem hölzernen Eimer hing.

Die Kinder blieben an dem Ziehbrunnen stehen und sahen sich um.

Die Hütte lag nun fast völlig im Schatten. Nur der Windfang vor dem Eingang und die beiden Fenster rechts und links davon wurden noch von der Sonne beschienen. In den Fenstern waren keine Scheiben mehr. Dafür gab es Läden, die ein wenig windschief in den Angeln hingen und weit aufgeklappt waren. Ihnen fehlte Farbe, doch sonst sahen sie noch recht stabil aus. Die Kinder spähten ins Innere und entdeckten in der Ecke altmodische Möbel. An der Wand stand eine große Holztruhe und daneben ein Schemel. Über der Truhe hing ein Kruzifix.

Mutig traten sie zur Tür. Ein dichter Vorhang von Efeu quoll über den verfallenen Windfang und reichte fast bis zum Boden. John packte Margarets Arm und zeigte in das Grün. Dahinter konnte man schwach erkennen, daß die Tür offenstand. Sie führte direkt in ein Zimmer.

John klopfte an. Wieder keine Antwort. Die Kinder warteten noch

eine Weile, dann stieß John ganz sachte gegen die Tür. Sie sprang sofort weit auf.
Dies mußte der Wohn- und Schlafraum sein. Da gab es ein Bett mit einem Haufen Decken darauf, einen schlichten Tisch, einen großen schwarzen Schrank in der einen Ecke, dann eine hölzerne Bank, einen Stuhl mit Armlehne, auf dem ein ausgeblichenes blaues Kissen lag, und ein paar Schemel. Auf dem Tisch standen ein Krug und ein Becher aus einem dunklen, grauen Metall, das wie Zinn aussah. Der Kamin war bis auf ein Häufchen kalter Asche leer. Ein rußiger Kessel hing an einer Kette und schien zum Kochen benutzt zu werden. Überhaupt wirkte alles sehr karg und wie aus einer anderen Zeit.
Keine Menschenseele war zu sehen. Eine unheimliche Stille lastete über allem. Die Schatten der Tannen wurden immer länger, und die Sonne stand bereits sehr tief. Sie mußten sich beeilen.
»Also, viel weiter sind wir ja nicht gekommen«, platzte John in die Stille hinein. »Wenn er wirklich hier wohnt, ist er dagewesen und gleich wieder fortgegangen. Und wenn es nun nicht sein Haus ist...?«
»Doch!« unterbrach ihn Margaret aufgeregt. »Guck mal, dort auf dem Bett!«
Sie zeigte auf die Decken. John trat näher und sah direkt daneben einen Stapel Kleidungsstücke liegen. Er traute seinen Augen kaum. In dem Dämmerlicht erkannte er das rote Samtwams mit den goldenen Knöpfen, den blaugrauen Umhang mit der Kapuze, die blaugraue Strumpfhose und den beschlagenen Gürtel. Und unter dem Bett standen die weichen braunen Lederschuhe – und es klebten noch Tannennadeln und Erde daran.
Ohne es so recht zu merken, waren die Kinder ins Zimmer gegangen und waren jetzt so dicht bei den Sachen, daß sie danach greifen konnten. Verblüfft starrten sie darauf.
»Das sind seine Sachen.« Margaret strich sanft über das Wams. »Guck, alles, was er vorhin anhatte. Er ist hergekommen, hat sich umgezogen und ist wieder fort. Ich habe dir doch gesagt, daß es nur ein Kostüm war.«

»Ist ja prima«, war Johns ganze Antwort. Er ließ die Kette mit dem Medaillon zwischen die Sachen gleiten. Mit einem kleinen satten Klicken fiel sie auf den Umhang und hob sich schimmernd von dem Blaugrau ab.

»Jetzt können wir das wertvolle Stück ja mit bestem Gewissen zurücklassen. Wir müssen rasch umkehren. Vater wird toben, weil wir so lange weggeblieben sind. Vielleicht hat er sich schon aufgemacht und kommt uns entgegen.«

In der Ferne schrie ein Käuzchen langgezogen und geisterhaft. Ganz in der Nähe, gleich aus den Tannen hinter der Lichtung, antwortete ein zweites. Nein, das konnte kein Käuzchen sein.

Der Schrei klang anders.

Kein langgezogenes Huuhuu! Eher der fürchterliche Laut eines blutrünstigen Tieres, der die kleinen Wesen ringsherum in ihren Nistplätzen vor Entsetzen erstarren ließ.

»Deine Uhr muß stehengeblieben sein! Komm schnell weg von hier!« rief Margaret erschrocken und zog ihren Bruder zur Tür.

Da schrie sie auf! John gab nur einen kurzen überraschten Laut von sich. Hand in Hand wichen die beiden Kinder ins Haus zurück, bis sie gegen das Bett stießen.

Von der Tür her starrten sie gelbe, leuchtende Augen an. Im letzten Licht sahen sie die aufgerissenen Kiefer und die lange, gebogene Zunge eines riesigen Wolfes.

IV

Das Untier

Wie angewurzelt standen die beiden da. Das Herz schlug ihnen bis zum Hals, und die Angst raubte ihnen fast den Atem. Der Wolf duckte sich und fletschte die Zähne. Lang und spitz schimmerten sie in der Dämmerung. Das Tier gab keinen Laut von sich, aber an Nacken und Rücken schienen die Haare gesträubt.

Er setzte zum Sprung an. Die Hinterbeine spannten sich, die Muskeln bebten. Jeden Moment mußte der Wolf nach vorn schnellen.

Doch der Augenblick bis zum Angriff dehnte und dehnte sich. Wahrscheinlich waren es nur Sekundenbruchteile, aber Margaret und John kam es wie eine Ewigkeit vor. Bevor der Wolf noch dazu kam, nach ihnen zu schnappen, hatte John schon nach hinten gegriffen und den erstbesten Gegenstand gepackt. Es war das Medaillon.

Wütend und gleichzeitig voller Panik schrie er los, wirbelte es an der Kette wie eine Schleuder um seinen Kopf herum und warf es nach dem Tier. Schon bei den ersten verzweifelten Bewegungen von John hatte der Wolf den Rückzug angetreten. Einen Moment lang war der Türrahmen noch ganz von der grauen, geduckten Gestalt erfüllt, dann verschwand sie geisterhaft in der Finsternis des Unterholzes. Das goldene Wurfgeschoß folgte wie ein gelber Blitz. Sie hörten noch das Trappeln von Pfoten, das Knacken von Zweigen und das Geräusch der aufschlagenden Kette mit dem Medaillon. Dann herrschte tödliche Stille.

Margaret rührte sich als erste. Sie stürzte zur Tür und verschloß sie. An der Innenseite fand sie einen dicken, hölzernen Riegel, den sie hastig vorschob. »Schnell, John, das Fenster! Zieh die Läden zu!«

»Das bringt nichts«, entgegnete John atemlos. »Wir können nicht hierbleiben! Wir müssen unbedingt versuchen, so rasch wie möglich wegzukommen.«
»Aber der Wolf kann doch jeden Moment wieder hier auftauchen! Vielleicht ist Papa schon unterwegs und holt uns hier raus. Wenn wir bleiben, sind wir wenigstens einigermaßen sicher, dann...«
»Wo denkst du hin! Und Papa steht dann plötzlich so einem zähnefletschenden Ungeheuer gegenüber! Wir dürfen nicht zulassen, daß er tiefer in den Wald geht, um uns zu suchen. Er hat doch keine Ahnung, daß es hier tatsächlich Wölfe gibt! Wir haben es am Anfang auch nicht glauben wollen, obwohl dies hier ›Wolfswald‹ heißt.«
»Die Spuren«, warf Margaret ein. »Er wird sie bestimmt entdekken und dann auf der Hut sein.« Aber das klang recht mutlos.
»Wir haben sie doch nur gesehen, weil wir auf der Suche nach dem Mann waren – und eigentlich auch nur durch Zufall. Außerdem ist es jetzt schon sehr dunkel. Und wenn er sie findet, wird er erst recht nicht umkehren, sondern uns zu Hilfe kommen wollen. Komm, wir schauen lieber, ob wir in dem Haus eine Waffe oder irgendeinen Gegenstand finden, mit dem wir das Tier abwehren können. Außerdem...«
John stockte und wich Margarets Blick aus.
»Was?« fragte sie.
»Ist dir an dem Wolf nichts aufgefallen?« rückte er widerstrebend mit der Sprache heraus.
Was war mit John? Er sah ein bißchen verlegen aus. Ja, sie hatte schon etwas gemerkt. Aber war das nicht Einbildung gewesen?
»Ich hatte das Gefühl, er fürchtete sich irgendwie«, sagte ihr Bruder nach einer längeren Pause.
Margaret nickte bedächtig. Sie wußte, wie gern John den Ruhm, einen gefährlichen Wolf in die Flucht geschlagen zu haben, ungeschmälert für sich in Anspruch genommen hätte. Und wenn er jetzt behauptete, der Wolf hätte Angst gehabt, mußte das stimmen. Aus Spaß oder um ihr Mut zu machen, behauptete er so

etwas bestimmt nicht. Denn um wieviel heldenhafter hätte er ohne das Geständnis dastehen können.
»Hm, eigentlich habe ich mich schon ein bißchen gewundert, daß so ein hungriger, wilder Wolf sich von einem goldenen Wurfgeschoß verjagen läßt.«
»Nein, er lief schon weg, bevor ich das Ding überhaupt nach ihm schleudern konnte. Margie, hast du denn das nicht gemerkt? Ich frage mich, ob das Tier überhaupt ein richtiger Wolf war? Vielleicht war es der Hund von diesem Mann? Erinnere dich doch an die Spuren!«
»Dann ist es aber ein ganz schön heruntergekommener Hund. Wie kann er vor zwei Kindern davonlaufen, die in das Haus seines Herrn eingedrungen sind? Tray würde sich ganz anders verhalten. Da würden die Fetzen fliegen!« »Vielleicht ist er auch ein heruntergekommener Wolf«, meinte John. »Was er auch immer sein mag, ich glaube, er ist gar nicht so fürchterlich gefährlich, wie wir zuerst angenommen haben. Wir sollten uns nicht hier verschanzen, sondern lieber zurücklaufen, bevor es völlig dunkel ist.«
Sie sahen sich im Zimmer nach einer geeigneten Waffe um. John fand rasch einen kräftigen Knüppel. »Damit werde ich ihm schon Beine machen! Jetzt brauchen wir nur noch einen für dich.«
»Das ist noch viel besser«, rief Margaret auf einmal und zog unter den Kleidungsstücken auf dem Bett einen blitzenden Gegenstand hervor. Es war das lange Messer, das der weinende Mann am Gürtel getragen hatte.
»Komisch, er ist ohne den Dolch weggegangen. Verstehe ich nicht, wo es doch Wölfe hier gibt. Na, um so besser für uns!«
Sie konnte von Johns Gesicht ablesen, wie sehr er sich wünschte, daß er selber das Messer gefunden hätte. Begehrlich schielte er darauf. Sie packte es fest in der Rechten.
»Behalt nur deinen Stock. Ich bleib bei diesem hier!«
»Du hast ja noch nie so ein Messer in der Hand gehabt. Wie willst du denn damit umgehen können?« kam es großspurig.
»Du doch auch nicht. Mit deinem Fahrtenmesser schneidest du immer nur Kuchen.«

Sie kicherten. Aber es klang eher nervös. Schließlich gab John ein widerwilliges Grunzen von sich. »Gut, wenn du es unbedingt behalten willst. Man braucht sowieso mehr Kraft, um so einen Knüppel richtig zu schwingen . . .«
»Und Mädchen schaffen es sogar, jemanden mit einem Dolch zu durchbohren? Großzügig von dir!«
»Du sagst es. Komm, laß uns losziehen. Jetzt oder nie!« drängte John.
»Und was ist mit dem Medaillon? Das hängt irgendwo zwischen den Brombeeren, und wir können es nicht mehr suchen. Das wäre zu gefährlich.«
»Wir kommen morgen, wenn es hell ist, noch einmal hierher zurück. Wir müssen ja auch das Messer und den Knüppel zurückbringen. Und wenn das vorhin wirklich ein Wolf war, wird man in St. Johann doch irgend etwas von ihm wissen. Vater wird schon eine Lösung finden. Und jetzt nichts wie los. Wenn der Pfad frei ist, sausen wir wie der Blitz zurück.«
Sie schlichen bis zur Ecke des Häuschens vor und spähten in die Dunkelheit des Waldes. Nichts regte sich. John packte den Knüppel fester und nickte seiner Schwester zu. Rasch bahnten sie sich den Weg zurück. Das Moos schluckte jedes Geräusch ihrer Schritte. Bis auf das Rascheln der Gräser und Blätter herrschte Totenstille.
Sie kamen ungehindert an der verfallenen Einfriedung vorbei, und wenige Meter weiter spürten sie den weichen, federnden Waldboden unter ihren Füßen. Dann rannten sie los.
Kein Schatten huschte zwischen den Bäumen hindurch. Der Wald wirkte leer und verlassen. So weit sie sehen konnten, war niemand auf dem Pfad. Wie gern wären sie dem Vater in die Arme gelaufen, aber er kam ihnen nicht entgegen.
Nur rasch zurück zur rettenden Lichtung! Fort von den finsteren Tannen, wo vielleicht schon überall gierige Wölfe lauerten. Sie atmeten heftig. Lange würden sie das Tempo nicht durchhalten. Die ersten kleinen freien Stellen zeigten sich, wo der Farn seine Blätter wie tausendfingrige Federhände in die Luft reckte und die

Blüten vom Fingerhut blaß im Zwielicht schimmerten. Es konnte nicht mehr weit sein!
Sie stürmten zu dem großen baumlosen Kreis oben am Weg und blieben, nach Luft ringend, stehen. Suchend blickten sie sich um. Merkwürdig! Das war bestimmt der Platz von vorhin. Da war das Dreieck voller Gras. Dort der verwitterte Wegweiser, und da auch der Baumstumpf, neben dem sie die Decke ausgebreitet und wo sie die Nachricht an die Eltern unter den Korb geklemmt hatten. Alles stimmte. Aber... Sie sahen sich verwirrt um.
Die Decke war weg. Von den Eltern keine Spur.
Der Picknickkorb fehlte. Sie rannten zur Straße und dem Parkplatz hoch. Auch hier nichts von Vater und Mutter. Kein einziges Auto. Alles leergefegt!
Wie vom Schlag getroffen standen sie mitten auf der Fahrbahn und starrten in die Ferne. Es war inzwischen so dunkel geworden, daß sie kaum noch etwas erkennen konnten. Die Straße wirkte nur noch wie ein schwarzgraues Band, das sich oben an der Kuppe in der Finsternis verlor. Tief unten zwischen den Bäumen, wo das Tal sein mußte, glomm ein winziges Licht. Sie verstanden es überhaupt nicht. Die Eltern hatten sie einfach im Stich gelassen! Mitten in dieser Dunkelheit in einer fremden, völlig einsamen Gegend!
Margaret kämpfte mit aller Macht gegen die Tränen an. Alles hatte so gut geklappt. Sie waren dem Wolf entronnen... und nun diese Enttäuschung. Eine unwiderstehliche Müdigkeit überkam sie, und ihr Magen knurrte heftig. John gab sich Mühe, sich nichts anmerken zu lassen, aber auch er fühlte nur Verzweiflung und Mattigkeit. Bis jetzt hatten die Kinder alles tapfer gemeistert, aber dieser Schock war nach dem Erlebnis mit dem Wolf einfach zuviel für sie. John hätte sich am liebsten irgendwo im Gebüsch zusammengerollt und geschlafen, um dem Ganzen zu entfliehen. Auch er hatte auf einmal entsetzlichen Hunger. Er merkte, daß seine Hand, die noch immer fest den Knüppel umschloß, zu zittern anfing. Und als er sprach, mußte er sich zusammenreißen, damit seine Stimme nicht allzu ängstlich klang. Er war schließlich der

große Bruder und wollte stark und zuversichtlich wirken. Sie trotteten langsam zur Lichtung zurück.
»Wahrscheinlich haben sie angenommen, daß wir einen anderen Weg entlanggegangen sind. Bestimmt kommen sie gleich zurück.«
»Vielleicht haben wir uns mit der Lichtung doch geirrt«, meinte Margaret unsicher.
»Nein, es ist unser Picknickplatz. Ha, guck mal, ich glaube, unser Zettel liegt noch da.« John rannte zum Baumstumpf. »Ja, er ist es! Eigentlich merkwürdig, daß er nicht weggeflogen ist, wo doch der Korb nicht mehr draufsteht. Das ist aber auch die Erklärung. Vater hat die Nachricht nicht gefunden, und jetzt sucht er uns in allen möglichen Ecken. Trotzdem... Oh, Margie, sieh nur!«
Er bückte sich, griff in ein Farnbüschel und beförderte eine Tafel Schokolade zutage. Sie mußte Mr. Begbie entgangen sein, als er die Decken zusammengelegt hatte. Eine wunderschöne dicke Tafel Milchschokolade mit Nüssen!
»Unsere Schokolade! Ein weiterer Beweis, daß wir am richtigen Fleck sind. Halbe-halbe?« Er brach die Tafel in der Mitte durch und reichte Margaret die eine Hälfte.
Gierig verschlang jeder ein Stück nach dem anderen. Sie hätten in dieser Lage wirklich kaum etwas Besseres finden können. Die Schokolade gab ihnen im Nu wieder Kraft und Mut. Sie beschlossen, nicht gleich alles aufzuessen, sondern einen Teil für später aufzuheben, falls sie doch noch länger hierbleiben mußten. Dann liefen sie wieder zur Straße hoch. Auf der anderen Seite sprudelte am Hang eine Quelle zwischen Felsbrocken hervor. Sie nahmen einen tüchtigen Schluck Wasser und stellten sich anschließend auf den Parkplatz, um auf die Eltern zu warten.
»Es ist am günstigsten, wenn wir erst einmal hierbleiben. Papa hat unmöglich den Zettel gesehen, sonst hätte er ihn bestimmt eingesteckt und wäre uns auch entgegengegangen. Sie fahren jetzt bestimmt die Straße in beiden Richtungen ab und werden bald auftauchen. Darum machen wir's uns hier erst mal gemütlich.« John hatte sich jetzt einigermaßen beruhigt und fiel in seinen etwas

großspurigen Ton. »Alles andere wäre jedenfalls unvernünftig. Hier finden sie uns in jedem Fall. Und das mit den Wölfen ist Blödsinn. Ich bin inzwischen sicher, daß dieses Tier bei der Hütte überhaupt nichts von einem Wolf hatte. Jedenfalls nicht mehr als unser Tray. Es war ein verwahrloster Schäferhund, der dort herumstreunte und nach Futter suchte. Wir haben ihm einen tüchtigen Schrecken eingejagt. Wie soll es heute noch Wölfe in der Gegend geben! Höchstens noch in irgendwelchen Sagen und am Stammtisch als Jägerlatein. Wenn wir hier an der Straße bleiben, ist es ganz ungefährlich.«

»Und wenn sie uns nicht holen kommen?« fragte Margaret bedrückt.

»Keine Angst. Sie lassen uns doch nicht irgendwo im Wald sitzen. Noch dazu nachts. Sie werden uns holen! Und sonst machen wir uns gleich bei Sonnenaufgang auf den Weg. Wir brauchen hier immer nur weiterzugehen, irgendwann kommt dann ein Auto, das uns mitnimmt. Alles halb so schlimm!«

»Sollen wir nicht lieber gleich losmarschieren?« fragte Margaret und warf verunsichert einen Blick zum Wald hinüber, der schwarz und bedrohlich dalag.

»Nein«, entschied John. »Wir bleiben hier! Außerdem ist es gefährlich, nachts in fremde Autos zu steigen. Du wirst sehen, bald sind sie hier, und wir müssen uns eine geharnischte Strafpredigt anhören!«

»Wir können doch nichts dafür!«

»Weiß ich auch. Aber Eltern denken da ganz anders. Wir können uns auf was gefaßt machen. Schade, daß sie die Decke nicht dagelassen haben. Aber es ist ja zum Glück nicht kalt. Wir bauen uns eine Lagerstätte aus Farn.«

Der Farn wuchs teilweise hüfthoch und strömte einen würzigen Geruch aus, als sie die einzelnen Wedel abbrachen. Bald hatten sich die Kinder einen behaglichen Unterschlupf an dem Baumstumpf auf der Lichtung errichtet. Sie krochen hinein, kauerten sich eng aneinander und sprachen im Flüsterton, weil die Nacht so still war.

Nach einer Weile schwiegen sie, gebannt von der Ruhe um sich herum. Sie starrten in die Dunkelheit und sehnten das Geräusch des zurückkehrenden Autos herbei.

V

Der Mann mit den goldenen Augen

Der hohe, silberne, wehmütige Klang eines Jagdhorns durchdrang die reine Morgenluft und zog ein vibrierendes Echo nach sich, das die Täler erfüllte und sich auf den Höhen in der Ferne verlor.
Die Geschwister richteten sich in ihrem Unterschlupf verschlafen auf und rieben sich die Augen. Ihre Glieder waren steif von der Kälte der Nacht. Sie begriffen erst gar nicht, was mit ihnen geschehen war und wo sie sich befanden.
Dann, ganz allmählich, kam die Erinnerung: der Spaziergang durch den Wolfswald, das Häuschen mitten im Forst, der unheimliche, wolfsartige Hund und die verschwundenen Eltern...
Sie krochen aus den Farnwedeln, streckten sich und sahen sich um. Die Sonne war noch nicht aufgegangen, schickte aber schon ihre ersten Strahlen über den Horizont, und die Nacht wich einem wundervollen tiefen, stählernen Blau. Tautropfen begannen überall an den Gräsern und Zweigen zu glitzern, und weiße Schleier stiegen langsam vom Boden auf. Nirgends konnten sie eine Spur ihrer Eltern entdecken.
Voller Hoffnung liefen sie ein Stück zur Straße hoch. Schon von weitem konnten sie erkennen, daß dort kein Fahrzeug auf sie wartete. Da ertönte plötzlich wieder das Horn. Diesmal schien der Klang bedeutend näher zu sein. Stumm und verwirrt blickten sich die Kinder an. Aus der Richtung von St. Johann kam der Lärm von galoppierenden Hufen die Straße herauf. Es mußten mehrere Pferde sein... ein ganzer Trupp von Reitern. Schon erfüllte Lachen und Rufen und das Bellen von Hunden die Luft.
»Eine Jagd!« rief John aufgeregt und ergriff Margarets Hand. »Los, laufen wir ihnen entgegen. Bestimmt wird uns jemand weiterhelfen!«

Da erstarrten sie. Eine graue Gestalt schoß von der Straße her zu ihnen herunter, rannte dicht an ihnen vorbei, quer über die Lichtung und verschwand im Wald. Ein Wolf! Sie hatten kurz seine gelben, leuchtenden Augen, das graue, struppige Fell, das völlig naß und von Schmutz verklebt war, und die lange, geschwungene Zunge sehen können. Die Jäger waren anscheinend hinter ihm her!

Schon stürzten die Hunde heran, eine Meute scheußlicher, großer Tiere, die fast so heruntergekommen wie der Wolf aussahen. Sie hatten die Ohren wachsam aufgestellt, und die Augen funkelten gierig. Wolfshunde verlassen sich beim Jagen mehr auf ihre Sehkraft und ihr Gehör als auf ihren Geruchssinn. Die Tiere blieben dort, wo der Pfad in den Wald hinunterführte, stehen und spähten durch die Gegend. John und Margaret rührten sich nicht von der Stelle. Die blutrünstigen Hunde versetzten sie in Angst und Schrecken. Unter den zitternden Lefzen schimmerten große scharfe Zähne. Eines der Tiere näherte sich ihnen schon gefährlich, aber ehe sie begriffen, wie ihnen geschah, preschte ein Pferd heran, eine Peitsche fuhr zischend zwischen die Hunde und trieb sie zurück. Immer mehr Reiter kamen heran. Es roch nach Leder und schwitzenden Pferden. Zaumzeug klirrte, klingelte und klatschte. Ein weiterer Reiter auf einem großen rotbraunen Hengst löste sich aus dem Trupp und ritt zu ihnen hin.

Er wandte sich an Margaret und fragte barsch: »Wo ist er lang?«

Und zu ihrer Verwunderung sah sie, wie er an seinem Gürtel herumnestelte, einen ledernen Beutel öffnete und eine goldene Münze herauszog.

John holte schon Luft, um zu antworten, aber, ohne so recht zu wissen warum, versetzte Margaret ihrem Bruder einen kleinen Stoß und zeigte zur Straße, also genau in die entgegengesetzte Richtung.

»Er ist da entlang! Vor einer Minute! Schnell!«

Der Mann warf ihr die Münze zu, brummte und riß sein Pferd herum. Peitschen knallten, eine Frauenstimme rief schrill und aufgeregt, Kommandos ertönten. Im nächsten Augenblick polterte die Jagdgesellschaft mit riesigem Getöse die Anhöhe hinauf.

Die Kinder rieben sich Staub und Sand aus den Augen, den die Pferdehufe aufgewirbelt hatten und stapften verwirrt zu ihrem Platz am Baumstamm zurück. Schweigend holten sie ihre Reserve an Schokolade hervor und schlangen sie hinunter. Diesmal hatten sie das Gefühl, eher mehr Hunger zu bekommen als neue Kraft. Benommen setzten sie sich ins Gras.

Auf einmal stieß Margaret ihren Bruder an: »Du, der Wegweiser ist weg!«

John sah sich um. »Das verstehe ich nicht. Der Pfad kommt mir jetzt auch so anders vor. Laß uns zur Straße schauen.«

Sie wunderten sich schon gar nicht mehr, als sie dort nur einen breiteren, von Pferdehufen aufgewühlten Weg vorfanden. Keine Spur von einer Asphaltdecke, geschweige denn von einem Parkplatz. Keine Telegrafenmasten. Nur aufgewühlter Sand.

»Natürlich ist das ein Traum!« rief Margaret. Der Gedanke gefiel ihr. Träume vergingen wieder, und es konnte einem dabei nicht wirklich etwas passieren.

»Klar!« entgegnete John in allwissendem Ton und schob das letzte Stückchen Schokolade in den Mund. »Hast du denn nicht bemerkt, wie die Leute eben gekleidet waren?«

»Ja, wie auf den Bildern in unserem Geschichtsbuch.«

»Hm.« John schluckte die Schokolade hinunter. »Wie die Gestalten in dem Buch, das ich über den Hundertjährigen Krieg gelesen habe. Ich hab dir ja davon erzählt. Weißt du noch? Da sind aufregende Sachen passiert! Das wird es sein! Ich lese zuviel solche alten Sachen, und darum träume ich jetzt so was.«

»Ich aber auch!« sagte Margaret mit Nachdruck. »Es ist *mein* Traum, und du kommst darin vor.«

»Ich glaube eher, daß es *mein* Traum ist und du darin herumspazierst!«

»Bist du sicher, daß es nur ein Traum ist?« fragte sie zweifelnd.

»Was denn sonst? Gestern war hier noch eine moderne asphaltierte Straße, und jetzt ist nur ein zertrampelter Weg da. Kein

Parkplatz, nichts. Genauso der alte Wegweiser. Die Schokolade ist das einzige...« Er packte Margaret am Arm. »Mensch, Margie!«
»Was denn?«
»Na, die Münze, die der Reiter dir eben zugeworfen hat, so, als ob er ein Edelmann und du ein armes Bauernmädchen gewesen wärst... Ich hatte sie ganz vergessen. Du hast sie in die Tasche gesteckt. Zeig sie mir mal!«
Wirklich, die Münze war noch da. Margaret gab sie ihrem Bruder, und sie beugten sich darüber. Das Bild kam ihnen bekannt vor. Auch hierauf war der Kopf mit der Krone geprägt. Darüber stand OTHO DUX:
»Wie auf dem Medaillon!« rief Margaret.
»Nur daß der Mann hier älter aussieht«, sagte John. »Außerdem heißt es diesmal OTHO DUX. Das bedeutet Herzog. Drehen wir das Ding mal um und schauen nach dem Wappen.«
Margaret spähte ihrem Bruder über die Schulter. »Die Seite ist ganz anders«, murmelte sie. »Auf dem Medaillon stand doch das lateinische Wort, das ›treu‹ heißen sollte. Hier ist nur ein Vogel oder so etwas drauf. Was ist das, John? Ein Adler?«
»So etwas Ähnliches wahrscheinlich. Sieh mal, die Jahreszahl!«
Staunend lasen sie: 1342.
»Dabei ist die Münze ganz neu«, sagte John nach einiger Zeit.
»Genau wie das Medaillon«, meinte Margaret.
»Gold bleibt immer neu. Trotzdem, es muß wirklich älter als die Münze sein. Denn der Mann – dieser Herzog Otho – war darauf wesentlich jünger und womöglich noch gar kein Herzog. Die Münze paßt zu der Kleidung, findest du nicht auch? Und die Pferde! Hast du gesehen, wie prunkvoll das Zaumzeug war? All die bunten Decken, die breiten, großen Steigbügel und die furchteinflößenden Sporen?«
»Und die Frau! John, sie ritt in einem Damensattel, war ganz in grünen Samt gehüllt und hatte einen weiten Umhang an.«
»Da, steck sie gut weg.« John hielt seiner Schwester die Münze hin. »Zu schade, daß alles nur ein Traum ist. Das Ding ist bestimmt sehr wertvoll. 1342... Ich erinnere mich nicht, was da-

mals los war. Mittelalter... mehr weiß ich nicht. Wir sind am selben Fleck, wo wir gestern in Wirklichkeit waren, und es sieht eigentlich auch alles noch genauso aus.«
»Außer der Straße. Und die Telegrafenmasten sind verschwunden...«
»Ja, und auch der Wegweiser. Außerdem sind viel mehr Bäume hier. Und da unten im Tal, wo sonst einige Felder lagen, gibt es auf einmal nur Wald.«
»Was ist mit der Ritterburg?« rief Margaret. Wo sie gerade standen, war ihnen die Sicht durch einen dicken Busch genommen. »Papa hat uns doch bei der Besichtigung erzählt, daß sie aus dem vierzehnten Jahrhundert stammt. Dann kann sie noch gar nicht gebaut sein.«
»Doch. Dreizehnhundertzweiundvierzig ist vierzehntes Jahrhundert, genau wie neunzehnhundertachtzig zwanzigstes Jahrhundert ist. Ich wette, sie ist da. Funkelnagelneu, und lauter bunte Fahnen flattern auf den Zinnen im Wind. Komm, wir gucken nach! Wie wär's mit einem kleinen Turnier?«
Sie kehrten zu dem Baumstumpf zurück. Von dort aus konnten sie zwischen den Bäumen hindurch die Burg auf ihrem Felsenhügel erkennen. Da waren zwar die dicken Mauern, der Turm, der Wassergraben, die Brücke und der kleine Fluß dahinter, aber die ganze Anlage wirkte nicht gerade so, als sei sie erst kürzlich erbaut worden. Sie war noch immer eine Ruine, und der Graben, wie auch gestern, ausgetrocknet.
Und doch gab es Veränderungen. Die kleine Straße, die zur Brücke führte und auf der sie gestern zur Burg gefahren waren, hatte sich in einen schmalen Weg verwandelt. Die Brücke sah wenig vertrauenerweckend aus. Sie war mitten über dem Schilf und Schlamm zusammengefallen, und die dicken Bohlen ragten kreuz und quer durch die Gegend. Nirgends ein Anzeichen von dem Häuschen, an dem sie die Ansichtskarten gekauft hatten. Auch die abgemähte Wiese und die Bauernhäuser, bei denen sie geparkt hatten, fehlten.
Verblüfft starrten sie auf die Szenerie. John fand als erster die

Sprache wieder. »Keine Häuser, keine anständige Straße, die neue Brücke ist zerfallen, aber die Burg sieht so uralt wie zuvor aus. Wie paßt das alles zusammen? Also haben wir doch kein Mittelalter jetzt. Aber unser Jahrhundert kann es auch nicht sein. Das soll einer begreifen!«
»Ja, wo sind wir bloß?« fragte Margaret nachdenklich. »John, ist dir aufgefallen, daß wir den Mann vorhin verstanden haben? Dabei können wir kaum Deutsch, und erst recht keines aus der alten Zeit. Ich hatte den Eindruck, sie würden alle Englisch sprechen. Dabei sind wir doch in Deutschland. Mitten im Schwarzwald...Das ist alles so verrückt!«
»Traumsprache. Da versteht jeder jeden«, erklärte John. Aber in Wahrheit begriff er genausowenig, was los war. »Du kennst doch Träume, wo man auf einem fremden Planeten landet und sich bestens mit den Wesen dort unterhalten kann.«
»Vielleicht hast du recht. Trotzdem, was tun wir jetzt?«
»Das ist wohl ziemlich egal«, entgegnete John leichthin, obwohl er spürte, wie seine Angst größer und größer wurde. »Es ist ja alles nur ein Traum. Was soll uns da schon passieren? Aber eines ist klar: Unser Auto kann unmöglich über diese ungepflasterte Straße hierherfahren. Und wir wissen nicht einmal, ob St. Johann überhaupt noch existiert und es einen Sinn hat, dorthin zu wandern. Traum hin, Traum her, mich plagt ein Bärenhunger! Wir besitzen diese Goldmünze, mit der wir uns etwas kaufen können, und wir wissen, daß die Leute unsere Sprache verstehen. Mir fällt da etwas ein, genau das Richtige, um mehr herauszufinden.«
»Du meinst, wir sollten zu der Hütte zurückgehen und den Mann, der dort wohnt, um Hilfe bitten?«
»Genau! Jedenfalls, wenn sie noch da ist.«
Margaret schluckte bei dem Gedanken, wieder in den Wald gehen zu müssen. Doch sie nickte tapfer und sagte: »Ich bin sicher, daß die Hütte da ist. Die Burg steht auch noch, obwohl sie weder in die eine noch in die andere Zeit paßt. Das Häuschen gestern sah so aus, als würde es da schon viele Jahrhunderte stehen.«
»Gestern?« fragte John.

»Du meinst doch nicht etwa, das war ebenfalls ein Traum?« Margaret wurde blaß. »Sind *wir* vielleicht nach dem Picknick auf der Decke eingeschlafen? Aber ich erinnere mich doch deutlich an alles. Nicht *wir*, Papa schlief neben uns. Nein, das glaube ich nicht!«
»Wir sind eben auch eingeschlafen, und der Wolf, die Hütte und alles andere ist ein Traum. Und weil es ein Traum ist, brauchen wir uns vor nichts zu fürchten. Uns kann nichts geschehen! Ich bin gespannt, welche Abenteuer uns erwarten. Jedenfalls habe ich Hunger. Ich schlage vor, wir brechen sofort auf und schauen, ob wir in dem Häuschen etwas zu essen finden, ob der Mann nun da ist oder nicht.«
»Fein, wenn wir ihn treffen, können wir ihm gleich sagen, wo sein Medaillon geblieben ist.«
»Ja, und ihm das Messer und den Knüppel zurückgeben. Beides liegt noch im Farn. Ich wette, daß die Hütte da ist. Das, was wir gestern erlebt haben, gehört zum selben Traum.«
»Also auch der Wolf. Und er ist den Pfad hinuntergelaufen. Es gab ihn gestern, und es gibt ihn noch heute. Also muß auch der Mann noch irgendwo sein!«
Die Kinder saßen eine Weile schweigend und nachdenklich auf ihrem Farnlager. Schließlich sagte John: »Wir sollten aufbrechen. Ich wüßte nicht, was wir sonst tun können. Etwa warten, bis die Jagdgesellschaft zurückkommt?«
»Nachdem sie wissen, daß wir sie in die Irre geschickt haben? Bloß nicht!« Margaret sprang auf. »Laß uns sofort losziehen! Mir ist der traurige Mann lieber als diese merkwürdigen Reiter. Hier, willst du diesmal das Messer nehmen?«
John schüttelte den Kopf und packte den Knüppel.
Eilig liefen sie den Pfad hinunter und wurden bald darauf vom Wald verschluckt. Von den Jägern war nichts mehr zu hören. Die Tannen rauschten friedlich vor sich hin, und obwohl noch ab und zu leichte Nebelschleier wie Geister zwischen den Stämmen schwebten, erschien den Kindern der Wald nicht ganz so furchteinflößend wie gestern in der Dämmerung. Inzwischen war ihnen

der Weg auch vertrauter. Schon tauchte hinter der Biegung der mächtige querliegende Baum auf.
»Sag mal, warum hast du die Jäger in die falsche Richtung geschickt?« fragte John auf einmal unvermittelt in die Stille hinein.
»Was meinst du denn?«
»Aber es war doch ein Wolf?« wunderte sich John.
»Na und! Es war bestimmt der Wolf von gestern, der uns nichts getan hat und der vielleicht gar keiner ist. Ich bin mir ganz sicher, daß er es war. Hast du seine Augen gesehen?«
John schwieg. Auch ihm waren die seltsamen Augen des Tieres aufgefallen. Mutig schritten sie weiter, immer nach rechts und links spähend, ob sich im Unterholz nicht etwas regte. Sie trösteten sich gegenseitig, daß sie durch einen Traum spazierten, aus dem sie irgendwann wohlbehalten erwachen mußten. Was blieb ihnen anders übrig, als abzuwarten, was dieser Traum ihnen als nächstes bringen würde...
Die Kinder kletterten über den Baumriesen und eilten weiter, begierig darauf, zu sehen, was aus der Hütte geworden war. Endlich kamen sie zu der Lichtung. Und da stand sie, winzig, moos- und efeubewachsen und halb verfallen. Auch der Garten war verwildert, und die wenigen Blumen führten ihren Kampf gegen das überall wuchernde Unkraut.
Die Kinder bahnten sich gleich ihren Weg durch die hohen Gräser zur Hintertür. Diesmal war sie geschlossen.
Sie schlichen zum Fenster und lugten vorsichtig am Fensterladen vorbei ins Innere. Das Zimmer sah noch so aus wie gestern. Mit einem Unterschied: die Kleidungsstücke waren vom Bett weggeräumt worden und lagen jetzt ordentlich über der Stuhllehne. Dafür lag ein Mann in den Kissen und schlief. Sie konnten deutlich sein Gesicht erkennen. Es war der weinende Mann von gestern!
Plötzlich schlug er die Augen auf und sah sie erstaunt an.

VI

Die Stunde zwischen Hund und Wolf

Eine halbe Stunde später saßen John und Margaret in der Stube am gescheuerten Tisch und verschlangen mit viel Appetit ein ungewöhnliches Frühstück. Das Brot war dunkel und grob, und es gab keine Butter, damit es besser rutschte. Dafür lag auf einem Holzteller ein wunderbar duftendes Stück Bienenwabe, und eine Schüssel mit herrlich süßen Walderdbeeren stand daneben. Das Feuer brannte munter vor sich hin, und der gestern noch so karge, trostlose Raum hatte jetzt etwas Anheimelndes. Ihr Gastgeber, inzwischen glatt rasiert und angekleidet, hatte sich einen Schemel vor den Kamin gezogen und sah ihnen zu. Er wollte nichts essen und hatte sich nur einen Becher voll Bier aus einem in der Ecke stehenden Faß abgezapft. John und Margaret tranken aus ungewöhnlich geformten, metallenen Pokalen eine süßliche, nach Honig schmeckende, würzige Flüssigkeit.

Zu ihrer Erleichterung funktionierte die Traumsprache auch diesmal. Sie sprachen Deutsch. Als der Mann aufgewacht war und sie verwirrt gemustert hatte, wären sie am liebsten fortgerannt. Aber dann hatte er ihnen freundlich zugelächelt und ihnen ein Zeichen gemacht, sie sollten dableiben. Wenige Augenblicke später öffnete er ihnen die Tür und lud sie ein, hereinzukommen. Und ehe sie sich's versahen, war ein Feuer angezündet, damit sie ihre vom Tau durchnäßten Sachen trocknen konnten.

»So früh am Morgen, wenn die Nebel noch ziehen, erkältet man sich leicht in feuchten Kleidern«, hatte er gesagt und gleich anschließend das Frühstück bereitet.

Und so hatten sie sich an den Tisch gesetzt und gierig zugegriffen, während er Wasser aus dem Brunnen schöpfte und sich im Nebenraum wusch und anzog. Und jetzt, nachdem er sich sein Bier eingeschenkt hatte und bei ihnen der schlimmste Hunger gestillt war, faßte sich John ein Herz und erzählte dem Mann ihre Geschichte.

»Es muß ein Traum sein. Ich hoffe, Sie sind mir nicht böse, wenn Sie nur eine Figur in einem Traum sind, aber sonst kann ich mir die Sache nicht erklären. Es *muß* einfach alles ein Traum sein! Mama und Papa können sich doch sonst nicht so in Luft auflösen... und die Straße, der Wegweiser, und dieses Häuschen hier..., alles ist so merkwürdig. Und auch Sie...« Verlegen brach er ab. Er hatte sagen wollen: »Sie sehen komisch aus. Ihre Kleidung, Ihre Art.« Aber das wäre sehr unhöflich gewesen, darum fuhr er geschickt fort: »Diese Leute, die Jagd auf den Wolf machten.«

»Ich habe nichts dagegen, eine Rolle in eurem Traum zu spielen«, entgegnete der Mann. »Um ehrlich zu sein, ich bin sogar recht froh darüber, und ihr werdet noch verstehen, warum. Aber ein Teil eures Traums ist für mich doch sehr wirklich. Als ich euch hereinholte, hattest du *meinen* Knüppel, und Margaret hielt *mein* Jagdmesser in der Hand.«

Margaret fühlte, wie sie rot wurde. Sie hatte das Messer möglichst unauffällig hinter dem Rücken gehalten und gleich nach dem Eintreten auf den Tisch gelegt, und John hatte den Stock gleich bei der Tür in die Ecke gestellt. Der Mann mußte ein scharfes Auge haben.

»Ja, das stimmt«, gestand sie. »Gestern, nachdem wir dem Wolf begegnet waren, fürchteten wir uns, ohne Waffe durch den finsteren Wald zurückzugehen. Deshalb haben wir uns die beiden Sachen ausgeliehen. Ehrenwort, wir wollten sie in jedem Fall zurückbringen. Wir dachten, wir würden mit Papa noch mal herkommen. Wir mußten sowieso wieder zu Ihnen, um Ihnen zu sagen, wo Sie das Amulett finden können, das wir dem Wolf nachgeschleudert haben.«

Ihr Gastgeber hatte ihnen nämlich ohne Umschweife erklärt, das Medaillon sei für ihn kein Schmuck, sondern ein Schutz vor Unheil. Sie hatten nicht schlecht gestaunt, als er, die goldene Kette um den Hals, aus dem anderen Zimmer zurückgekehrt war. Ja, er

hätte sie im Wald zwischen den Brombeeren gefunden, war seine Antwort gewesen, als sie ihm berichteten, wie sie die Kette an dem umgestürzten Baum gefunden und in seine Hütte gebracht hatten. Andererseits schimpfte er sie auch nicht, weil sie das Amulett als Wurfgeschoß gegen den Wolf eingesetzt hatten.
Er lächelte, während Margaret ihre Verteidigungsrede hielt. Und es war erstaunlich, wie ihn dieses Lächeln verwandelte. Ihnen hatte gleich zu Anfang schon sein Gesicht gefallen. Es wirkte, trotz des Kummers, der tief darin eingegraben war, angenehm und ebenmäßig. Die Brauen waren dicht und schön geschwungen, die Nase verlief in einem feinen, kühnen Bogen, und der jetzt so verhärmte Mund mußte einmal weich und rund gewesen sein. Die Züge des Mannes strahlten jedenfalls etwas Edles und Ehrliches aus. Und auch wenn das Lächeln die Falten langen Leids nicht wegzuwischen vermochte, brachte es jetzt doch eine ungeheure Lebendigkeit in die Züge, und die Augen strahlten freundlich und hoffnungsvoll.
»Ich habe überhaupt nicht an eurer Ehrlichkeit gezweifelt«, wehrte er ab. »Ihr durftet selbstverständlich alles nehmen, was mein armseliges Haus euch bot. Ich bedaure nur, daß der Wolf euch so in Angst und Schrecken versetzt hat. Und doch, so habt ihr mir wenigstens erzählt, hast du, Margaret, die Jäger des Herzogs den Berg hinauf in eine andere Richtung geschickt, als der Wolf eingeschlagen hatte. Weshalb hast du das getan?«
»Weil ich Jagd nicht ausstehen kann. Wir meinen sogar, er hat sich vor uns gefürchtet. Sind Sie ihm schon begegnet? Ist es überhaupt ein richtiger Wolf? Oder ist er zahm?«
Der Mann schüttelte den Kopf. »Nein, er ist wild – ein ungebändigtes, gefährliches Tier –, aber nur in der Nacht. Als ihr ihn an der Tür zum erstenmal gesehen habt, setzte die Dunkelheit gerade ein. Es war die Zeit der Dämmerung, des Eulenlichts, die Stunde zwischen Hund und Wolf.«
Die Kinder warfen ihm einen verwunderten Blick zu. »Was bedeutet das?« wollte John wissen.
»Er war noch zahm – zu sehr Hund –, um euch anzufallen. Aber er wußte, daß er euch nur wenige Minuten später, wenn die Nacht

anbrach, hätte anfallen müssen. Deshalb floh er, bevor ihr überhaupt das Amulett nach ihm geworfen habt.«
»Ich verstehe. Ich habe geglaubt, das Medaillon berge vielleicht so etwas wie einen Zauber, vor dem er davonrannte. Wie sonst sollte ich mir erklären, daß ein ausgewachsener Wolf die Flucht vor uns ergriff?«
»Womöglich stimmt auch das. Ich habe euch ja gesagt, daß es sich um einen Talisman gegen das Böse handelt.«
John aß seinen letzten Bissen Brot, leerte den Pokal und wischte sich mit dem Handrücken den Mund ab. Er hatte gesehen, daß ihr Gastgeber es genauso machte. Also gehörte das wohl zu den Sitten dieser Welt.
»Ich verstehe nur nicht, wie Sie das Medaillon finden konnten?« murmelte John und sah den Mann erwartungsvoll an. »Können Sie uns das erklären?«
»Das war tatsächlich nicht so einfach.« Der Mann zeigte ihnen seine Hände. Sie waren schlank und edel, aber mit tiefen, blutigen Kratzern übersät. »Es lag unter einem Gewirr von Brennesseln und Dornen. Es bereitete mir große Mühe, mein Amulett dort zu entdecken, obwohl ich gesehen hatte, wo es hingefallen war. Gleich nach meiner Rückkehr bin ich wieder losgezogen und habe danach gesucht. Ich wußte genau, ich würde erst schlafen können, wenn ich es wieder zurückhatte.«
»Aber...«
»Ja, wie haben Sie denn gesehen...«
Die Kinder redeten durcheinander, schwiegen dann aber plötzlich. Margaret hatte den Mann eigentlich gar nicht so direkt fragen wollen und wurde wieder rot. Er musterte sie kurz.
»Ja?« forderte er sie auf, fortzufahren.
Sie schluckte. »Tut mir leid, aber ich verstehe gar nichts mehr. Woher wußten Sie denn, daß das Medaillon – ich meine, das Amulett – zwischen die Brombeeren gefallen war? Sie hatten es doch bei dem umgestürzten Baum verloren. Und Sie sagten, Sie hätten *gesehen*, wo es hingefallen ist. Wie soll ich mir das alles zusammenreimen?«

»Heißt das, Sie waren in der Nähe, als der Wolf auftauchte?« schaltete sich John ein.
»Ja.« Der Mann sah die beiden aufmerksam an. Anscheinend zögerte er, weiterzusprechen. Sein Gesicht wurde noch ernster, und die Kinder meinten, einen Anflug von Scham darin wahrzunehmen. Er senkte den Kopf und betrachtete seine Hände. Dann sagte er seufzend: »Ja, ich war da, und ihr habt mich gesehen. Denn ich bin der Wolf!«

Natürlich, es ist ein Traum, dachte Margaret. Und wenn ich träume, ist es gar nicht so unmöglich, daß der weinende Mann und der Wolf ein und dieselbe Person sind. Vielleicht hat er deshalb so geweint. Er wußte, der Tag ging zu Ende, und ihm blieb nichts anderes übrig, als zu seiner Hütte zurückzukehren, seine Kleidung abzulegen und abzuwarten, bis er sich unweigerlich bei Eintritt der Dunkelheit in ein struppiges, blutrünstiges Tier verwandeln mußte. Überwältigt von dem Drang, zu jagen und zu töten.
Margaret schauderte. Dieser freundliche Mann mit dem schönen Gesicht sollte des Nachts ein reißender Wolf sein? Und sie waren in der Dämmerung, gerade als sich die schreckliche Verwandlung vollzog, zu seinem Haus gelangt. Der Wolfsmann – *Werwolf* war das richte Wort –, hatte also in der Nähe gelauert und sie gehört. Wahrscheinlich hatte er sie für Diebe gehalten und war deshalb zähnefletschend an der Tür aufgetaucht. Aber da standen nur zwei harmlose Kinder, die ihm sein wertvolles Amulett zurückgebracht hatten, was ihm schon schmerzlich abgegangen war. Ein furchtbarer Zweikampf spielte sich daraufhin wohl in dem Wolfsmann ab. Denn einerseits empfand er bestimmt Dankbarkeit, andererseits beherrschte ihn immer mehr der tierische Drang, sie anzufallen. Der Mensch in ihm siegte schließlich. Trotz der einsetzenden Dunkelheit bezwang er seine Wolfsnatur, wandte sich ab und rannte davon, bevor das wilde Tier endgültig siegen und sie zerfleischen würde.
Und als sie ihn bei Tagesanbruch wiedersahen, floh er gerade verzweifelt vor den Jägern, die ihm nachstellten und ihm in den letz-

ten Minuten seines Daseins als Wolf den Garaus machen wollten. Er setzte alles daran, rechtzeitig seine Behausung zu erreichen, wo er seine menschliche Gestalt endlich zurückgewann. Und als Mann, so wie sie ihn jetzt vor sich sahen, war er ins Bett gesunken und in den tiefen Schlaf der Erschöpfung gefallen.

Margarets Herz klopfte aufgeregt. Wäre es ihr heute morgen nicht in den Sinn gekommen, die Jäger in die falsche Richtung zu schikken, hätten sie ihn bestimmt gefangen und getötet, ohne daß er die Zeit gehabt hätte, seinen Wolfskörper noch zu verlassen. Die Männer hätten ihn mit ihren Spießen durchbohrt, ohne das Menschliche in den Augen des Tieres wahrzunehmen. Ihr war es aufgefallen, ohne daß sie so recht gewußt hatte, was es genau sein konnte. Und auch John schien es nicht entgangen zu sein.

Margaret betrachtete ihren Gastgeber. Das wilde, blutrünstige Flackern war aus den Augen gewichen. Sie leuchteten goldgelb und hatten lauter haselnußbraune Pünktchen. Es waren in gewisser Weise die Augen des Wolfs, aber es waren gute, menschliche Augen. Sie musterte ihn weiter. Wo war die Bestie von heute nacht? Das Haar war lang, weich und gepflegt, die Haut glatt und hell. Nirgends eine Spur vom Wolfspelz. Sie warf einen Blick auf seine Hände. Die Nägel waren kurz geschnitten, die Finger schlank und gut geformt. Nichts erinnerte an krallenbewehrte Wolfspfoten.

Da merkte sie, wie er ihren Augen folgte, und sie wurde puterrot.

Er lächelte. »Nein, Margaret, auch meine Zähne sind nicht die eines Wolfs.«

»Entschuldigung, ich wollte ... ich dachte ...«, stammelte sie verlegen.

»Du brauchst dich nicht zu entschuldigen«, entgegnete er ernst. »Es würde mich überhaupt nicht wundern, wenn du schreiend aus meiner Hütte gelaufen wärst. Aber du bist sehr tapfer und wohlerzogen, und es wäre schändlich von mir, ob Wolf oder Mensch, dir etwas zuleide zu tun. Ich verdanke dir mein Leben und habe die Hoffnung, dir noch mehr zu verdanken.« Er beugte sich nach vorn und legte ein weiteres Scheit in das Feuer. »Ihr seid jetzt wahrscheinlich wieder trocken, und euer Durst und Hunger sind gestillt?«

Die Kinder nickten.

»Dann macht es euch bequem und hört zu. Es ist an der Zeit, daß ich euch meine Geschichte erzähle.«

VII

Ein böser Zauberbann

»Mein Name ist Mardian, und einst war ich der Getreue und Freund des Herzogs, dessen Leute ihr heute auf der Jagd gesehen habt. Herzog Otho ist der Landesherr und residiert auf der Burg, die am Rande dieses Waldes liegt. Mein Vater war erster Berater von Herzog Hildebrand, Othos Vater, und kämpfte in den verschiedenen Kriegen an seiner Seite. Otho und ich wuchsen gemeinsam auf und genossen dieselbe Erziehung. Wir waren die engsten Freunde und teilten uns Freud und Leid. Dann starb der alte Herzog, und mein Vater folgte ihm eine Woche später nach. Otho und ich hofften, es würde uns später einmal genauso gehen. Ihr würdet lachen, wenn ich euch von all den Schwüren erzählte, die wir als Jungen gemacht haben, und von der Blutsbrüderschaft und den langen nächtlichen Gesprächen... Und von damals stammt auch das Amulett, das ich hier trage. Das Symbol für die ewige Treue und das Vertrauen, das wir uns gegenseitig gelobt hatten.«

Der Mann sah auf einmal wieder sehr traurig aus. Sein Blick war geistesabwesend, als er nach einer längeren Pause, in der er das Feuer geschürt hatte, fortfuhr: »Ich sollte euch erzählen, wie es dazu gekommen ist.« Er lächelte schmerzlich.

»Als Otho und ich mit fünfzehn Jahren in den Kreis der Männer aufgenommen wurden und wir unsere Schwertleite hatten, tauschten wir das Unterpfand unserer Freundschaft. Auf der Burg gab es einen Goldschmied – er ist inzwischen tot –, dessen Arbeit weit über die Grenzen des Landes berühmt war. Wir ließen ihn zwei Glücksbringer anfertigen, die sich aufs Haar glichen, mit dem einen Unterschied, daß der eine Othos und der andere mein Abbild trug. Wir schenkten sie uns gegenseitig und legten Schwüre ab,

die ich euch nicht sagen darf. Es waren Schwüre, wie sie nur wirkliche Freunde leisten. Es reicht, wenn ihr wißt, daß das Band der Treue lange zwischen uns gehalten hat. Und als Otho Herzog des Landes wurde, war ich an seiner Seite, und von all den Männern, die ihn am Hof umgaben, vertraute er nur mir, Mardian, sein Leben und seine tiefsten Geheimnisse an.
Dann geschah etwas Schreckliches, das vieles verändern sollte. Eines Tages fiel ein Trupp schwerbewaffneter Ritter unter der Führung eines gewissen Sigismund, eines uns feindlich gesinnten Grafen, in unser Land ein. Otho war mit mir und seinen Männern gerade auf der Jagd. Unsere nur schlecht gerüsteten Leute hatten kaum eine Chance, etwas gegen die Schwerter und Schilde der Eindringlinge auszurichten. Sie kämpften tapfer, aber dann wurde Herzog Otho verwundet. Die Feinde zogen sich zurück, wohl erschrocken, daß es so weit gekommen war. Otho war vom Pferd gestürzt und mit dem Sporn im Steigbügel hängengeblieben. Das Tier, ebenfalls verletzt, bäumte sich wild auf und schleifte seinen Reiter eine Strecke weit hinter sich her, bevor ich die Zügel zu packen bekam und es zum Halten brachte. Mein Freund, der Herzog, erholte sich merkwürdigerweise nie wieder ganz von diesem Sturz. Obwohl die Ärzte ihm Heilung versprochen hatten, blieb er gelähmt und saß nur noch im Sessel oder in einer Sänfte, in der ihn die Diener hin und her trugen.
Das ist nun fünf Jahre her. Nach diesem Unglück ergab es sich, daß ich in kriegerischen Auseinandersetzungen – wie zum Beispiel der Strafexpedition gegen Sigismund – das Heer führen mußte. Und auch bei allen anderen Dingen, die einen gesunden Körper erforderten, mußte ich Otho vertreten. Und ihr könnt euch vielleicht denken, daß dies so manchen Neider auf den Plan rief und böses Blut schaffte. Crispin, der Sohn von Herzog Otho, war zum Zeitpunkt des Unglücks erst zehn Jahre alt gewesen. Nun wuchs er allmählich zum jungen Mann heran und vergaß immer mehr, daß sein Vater einst ein kühner Kämpfer und vor Tatkraft sprühender Herrscher gewesen war. Für Crispin wurde ich von Tag zu Tag mehr zum Vorbild und Helden. Der gelähmte Herzog, den viele

wegen seiner Weisheit und Gerechtigkeit verehrten, war natürlich für einen lebendigen Jungen nur eine blasse Gestalt. So bewunderte er mich, Mardian, der ich ihn das Kämpfen lehren mußte, damit er einmal seine Soldaten anführen konnte. Doch ich bemühte mich stets, ihn in der Liebe zu seinem Vater, dem Herzog Otho, zu erziehen.

Eine Zeitlang ging alles einigermaßen gut. Dann kam ein weiterer Schicksalsschlag. Die Herzogin, Othos Gattin, erkrankte und starb. Damals war Crispin zwölf Jahre alt. Der Herzog wurde noch schweigsamer, bleicher, und – wenn ihn wieder einmal heftige Schmerzen heimsuchten – übellaunig. Bei den geringsten Kleinigkeiten tobte er, und manchmal zeigte er sich sogar ungerecht. Auch mit mir sprach er zuweilen in einem barschen Ton und zeigte sich seinem Sohn gegenüber sehr ungeduldig. Und wenn ich bei Crispin Verständnis für die schwere Situation seines Vaters erwekken wollte, wurde der Herzog wütend und warf mir vor, ich würde ihm die Liebe seines Sohnes rauben.

Eines Tages, als er wieder einmal von schlimmen Schmerzen geplagt wurde, beschuldigte er mich, ich wolle die Macht im Land an mich reißen und ihn vom Thron verjagen. Das hörte Almeric, ein Ritter am Hof, einer, der selbst vom Machthunger verzehrt wurde. Er sah seine Zeit gekommen. Schon des längeren hatte ich ihn in Verdacht, daß er nach dem Leben des Herzogs trachtete und den Prinzen als Nachfolger ausschalten wollte. Er brachte finstere Zaubermächte ins Spiel. Die Ärzte sagten sowieso, es ginge bei der Lähmung von Herzog Otho nicht mit rechten Dingen zu.

Ritter Almeric nahm an, ich würde den Herzog allmählich hassen, weil er so ungerecht gegen mich verfuhr, und er versuchte mich zu beeinflussen, indem er mir Macht und Gewinn versprach. Als er jedoch sah, daß ich meinem Freund Otho treu ergeben war, mußte er befürchten, daß ich dem Herzog von seinen dunklen Plänen berichten würde. Er setzte deshalb alles daran, mich aus dem Weg zu schaffen. Zuerst versuchte er es mit Gift und dann eines Nachts mit dem Dolch. Als auch dies fehlschlug, nahm er Zuflucht zur Zauberei.

Ich möchte euch nicht weiter mit der Geschichte beunruhigen oder in Angst und Schrecken versetzen, wie der böse Zauberbann über mich verhängt wurde. Doch seit über einem Jahr bin ich, wie ihr mich erlebt habt. Tagsüber darf ich Mardian sein, und in der Nacht wird mir die Wolfsgestalt und Wolfsnatur aufgezwungen. Ich bin dann ein reißendes Tier. Erst bei Sonnenaufgang schwindet meine Blutgier, und ich erhalte meine Menschengestalt und meinen Verstand zurück. Aber die Erinnerung an die schrecklichen, wilden Nächte und das Entsetzen darüber bleiben.

Jede Nacht schleiche ich mich als Wolf zur Burg und warte auf meinen Feind, aber er ist zu wachsam, um sich in meine Nähe zu wagen. Ich lauere dort bis zum Morgengrauen – oft gefährlich lange über meine Zeit hinaus – in der schwachen Hoffnung, mein Herr, der Herzog, käme vielleicht heraus und würde die Jäger sehen. Denn jeden Morgen, ob Sommer oder Winter, in der Stunde zwischen Dämmerung und Sonnenaufgang, wenn ich noch in Wolfsgestalt herumstreife, stellen sie mir nach und versuchen mich zu töten. Almeric hat auf den Kopf des ›großen Wolfs‹ eine hohe Belohnung ausgesetzt, aber er selber reitet nie mit. Nur zu genau weiß er, daß ich ihn vom Pferd reißen und zerfleischen würde, auch wenn sich im nächsten Augenblick schon die Hunde auf mich stürzten.

Als der Zauberbann mich traf, floh ich in diese Hütte. Hier lebte vor Jahren eine alte Frau, die Othos und meine Amme gewesen war. Sie war eine herzensgute Frau mit einem großen Wissen um manche verborgene Dinge, und sie konnte heilen. Aber unwissend und abergläubisch wie die Leute sind, hielten sie die Alte für eine Hexe. Sie ist schon lange tot, aber es traut sich trotzdem niemand in diesen Teil des Waldes. Noch heute fürchtet man ihre Kraft. Ich bin deshalb hier sicher. Niemand kann die schrecklichen Auswirkungen des Zaubers auf mich sehen.

Dafür sitze ich hier so gut wie gefangen. Denn all die Monate hat sich keiner gezeigt, der den Zauber brechen und mich erlösen könnte. Ihr seid meine erste Hoffnung.«

Mardian schwieg jetzt, hielt den Kopf gesenkt und starrte ins Feuer. Die Flammen erstarben allmählich, aber es war wunderbar warm in dem Raum. Die Sonne warf ihre ersten Strahlen durchs Fenster.
Eine Weile saßen sie alle wortlos da, doch dann hielten es die Kinder nicht länger aus.
»Warum können Sie nicht einfach zu Herzog Otho gehen?« wollte Margaret wissen. »Am Tag, meine ich, wenn Sie kein Wolf sind? Sie erzählen ihm alles, was Sie uns gesagt haben...«
»Ja! Er wird Ihnen bestimmt glauben«, platzte John dazwischen. »Spätestens wenn er sieht, wie der Zauber wirkt, muß er es tun.« Er überlegte. »Hat Otho denn keine Leute ausgeschickt, die Sie suchen? Ich dachte, kühne Ritter wagen sich überall hin, auch in Hexenwälder? Oder...« John brach ab.
»Oder?« forschte Mardian.
»Oder denkt er vielleicht, Sie wären von sich aus fortgegangen? Hat er etwa gar nichts unternommen, Sie wiederzufinden?«
»Auch wenn Sie Streit miteinander hatten«, rief Margaret hitzig, »muß er doch wissen...«
»Nein, nein«, unterbrach Mardian. »Wir hatten nicht wirklich Streit, und ihr dürft Herzog Otho nicht tadeln. Er ließ nicht nach mir suchen, weil er mich gar nicht vermißte.«
Die Kinder sahen ihn verwundert an. Er nickte und fuhr betrübt fort: »Da staunt ihr. Aber ihr kennt noch nicht die ganze entsetzliche Geschichte. Almerics Zauberkräfte sind so stark, daß er meine Gestalt angenommen hat und heute als Mardian auf der Burg lebt.«
»Sie meinen, er sieht genau aus wie Sie?« Margaret starrte den Mann an.
»Und die Leute fallen darauf rein?« fragte John.
»Ja, genauso ist es leider. Niemand kann deshalb wissen, daß ich in Wahrheit überhaupt nicht mehr da bin. ›Mardian‹ hat die Burg in den Augen der Leute nie verlassen. Ich bin ab und zu in einem Ort jenseits des Waldes, um mir Essen zu besorgen, und ich höre mich dann auf dem Markt nach Neuigkeiten um. Keiner hat von mei-

nem Schicksal eine Ahnung. Almeric trägt zwar nicht mein Amulett, das ist mir zum Glück nicht genommen worden, aber er hat Herzog Otho erzählt, es wäre ihm abhanden gekommen. Und Otho glaubte ihm. Weshalb auch nicht? Er weiß ja nicht, daß böse Mächte im Spiel sind.«

»Und wenn Sie zu ihm gehen, Ihre Geschichte erzählen und ihm das Medaillon zeigen?« schlug Margaret vor.

»Natürlich, wenn er Sie beide zusammen sieht, weiß er sofort, daß dabei finstere Mächte im Spiel sind!« rief John.

Mardian lächelte über den Eifer der Geschwister. »Ich komme nicht in die Burg hinein. Jeder Besucher wird am Falltor von ›Mardians‹ Männern angehalten und befragt. Sie würden mich erkennen und töten, und Almeric bekäme dann auch noch das Amulett. Oder sie würden mich in das Turmverlies sperren und erst nach Einbruch der Dunkelheit dem Herzog vorführen. Ihr wißt ja, daß eine hohe Belohnung auf den großen grauen Wolf ausgesetzt ist. Nein, ich darf ihnen nicht in die Falle gehen! Der Herzog würde keinen Finger rühren, um meinen Tod zu verhindern.«

»Wie stellen Sie sich dann vor...« John räusperte sich. Er war schrecklich aufgeregt. »Sie haben vorhin gesagt, daß es an der Zeit ist, den Zauber zu brechen.«

»Es ist sogar höchste Zeit«, drängte Mardian. »Wenn Otho am Leben bleiben und den Thron behalten soll, muß sehr bald ein Versuch gewagt werden.« Mardian saß auf einmal wie zum Sprung bereit auf seinem Schemel und sah die Kinder beschwörend an. Die seltsamen gelben Augen hatten jetzt wieder die Wildheit des Wolfes.

»Ich habe auf dem Markt gehört, daß der Herzog überhaupt nicht mehr die Burg verläßt, und man sagt, mit seiner Gesundheit stünde es nicht zum besten, obwohl die Ärzte keine Ursache finden können. Man erzählt sich auch, daß ›Mardians‹ Macht immer mehr wächst und er den jungen Crispin völlig unter seinen Einfluß gebracht hat. Der Junge weicht nicht von seiner Seite und gibt nichts mehr auf das Wort seines Vaters. Ich fürchte, der Herzog wird bald sterben – entweder durch einen Zauber oder ein Gift –, und dann ergeht es Crispin nur noch so lange gut, bis er Almeric als seinen Nachfolger eingesetzt hat. Ist das geschehen, sind seine Tage gezählt, und der Schurke ist am Ziel.«

»Und der Herzog nimmt also an, daß *Sie* das alles einfädeln?« rief Margaret aufgebracht. »Oh, er muß ja das Gefühl bekommen, Sie hätten Ihren Treueschwur gebrochen!«

»Was soll er sonst denken! Er vertraut seinen Augen und seinen Ohren. Ist es dann ein Wunder, wenn er – wie ich erfahren habe – sein Amulett verzweifelt vom Hals gerissen und weggeschlossen hat?«

John fühlte, wie sein Herz wild klopfte. Immer wieder stand dieses goldene Amulett im Mittelpunkt, das sie zur Hütte und in diesen seltsamen, verwirrenden Traum geführt hatte. Es schien ihm wie der Schlüssel zu dieser anderen Welt. Er holte tief Luft.

»Da Sie sich nicht in die Nähe des Herzogs wagen können, muß es jemand anders versuchen? Und zwar mit dem Amulett, nehme ich an. Besitzt es denn ebenfalls magische Kräfte?«

Mardian sah von einem zum anderen. In seinem Blick lag so viel Trauer und Schmerz, daß Margaret drauf und dran war, ihm zu versichern, sie würden alles für ihn tun, was er ihnen sagte. Aber John berührte sie am Arm, und sie schwieg. Nur das Knacken und Knistern des glimmenden Holzes im Kamin unterbrach die Stille.

Mardian schien sich nicht entschließen zu können, Johns Frage zu beantworten. Er sah sich in dem bescheidenen Raum um, starrte dann ins Feuer und begann schließlich zögernd zu sprechen.

»Als Otho und ich noch Kinder waren, etwa in eurem Alter, erzählte uns die weise Frau, genau in diesem Zimmer hier, daß es gegen jeden Zauber auch ein Gegenmittel gäbe, denn für alles Böse läge auf der anderen Seite der Waage ebensoviel Gutes. Das sei das Gleichgewicht des Lebens. Ich habe in diesen schlimmen Tagen viel nachgedacht und bin zu dem Schluß gekommen, daß in den beiden Amuletten, die das Symbol für unsere Treue, Liebe und Achtung sind, eine gewisse Kraft enthalten sein könnte, die Almerics Macht womöglich zu brechen vermag. Es muß etwas davon ausgehen, denn seltsamerweise hat der Zauberer, der mich unter Drogen setzte, um seinen Fluch auszusprechen, mich all meiner Kleidungsstücke beraubt, mir jedoch das Medaillon gelassen. Als ich mich als Werwolf im Wald wiederfand, hing es noch um meinen Hals. Es scheint also eine Macht zu bergen, der er sich nicht gewachsen fühlte... Oder er hat es nicht ernst genommen.

Mardian machte eine Pause. Durch das offene Fenster drang das Lied einer Amsel. Er lauschte eine Weile verträumt. Dann ging ein Ruck durch seinen Körper, und er sprach weiter.

»Ihr fragt euch, ob es ein Mittel gibt, das gegen diesen bösen Zauber hilft, unter dem ich leiden muß. Ich weiß es nicht! Alles, was ich euch sagen kann, ist, daß Crispin in einem Monat fünfzehn wird und sein Vater dann wohl sterben muß. Und es scheint mir, als wurdet ihr mir in dieser Zeit der wachsenden Gefahr für Herzog Otho von einer guten Macht geschickt. Ihr seid sehr jung, noch Kinder, aber ihr habt den außerordentlichen Mut besessen, dem großen Wolf zu trotzen und ihn am nächsten Morgen sogar vor seinen Verfolgern zu retten, nur weil ihr die Angst in seinen Augen saht. Das Amulett hat euch zu meiner Tür geführt. Deshalb meine ich, daß ich euch vertrauen und mein Schicksal in eure Hände legen muß.«

John und Margaret warfen sich fragende Blicke zu. Bevor sie dazu kamen, etwas zu sagen, hob Mardian abwehrend die Hand und stand auf.

»Nein, schweigt jetzt lieber. Versprecht mir nichts. Ich werde jetzt eine Weile in den Wald gehen, und ihr könnt euch in der Zwischenzeit hier beraten. Denn meine Bitte ist nicht leicht zu erfüllen. Womöglich stellt sie sich als sehr gefährlich heraus. Ihr müßt euch entscheiden, und ich will euch zu nichts überreden. Deshalb lasse ich euch allein.« Er trat zur Tür. »Ich bin gegen Mittag, wenn die Sonne direkt über der Lichtung steht, zurück. Habt ihr euch entschlossen, mir zu helfen, dann treffe ich euch noch hier an. Wollt ihr es nicht, so zieht mit meinem Segen davon. Aber achtet darauf, daß ihr vor Sonnenuntergang aus dem Wald verschwunden seid, denn dann kann ich keine Verantwortung mehr für mich übernehmen.«

Davonziehen? Wo sollten sie denn hin? Die Geschwister sahen sich stumm an.
Mardian schien jedoch ihre Gedanken erraten zu haben. Er lächelte. »Habt keine Angst, daß ihr nicht nach Hause findet. Selbst wenn ihr beschließt zu gehen, werdet ihr wohlbehalten vor dem nächsten Morgen aus dem geheimnisvollen Zauberbann entlassen. Denn es ist ein Zauber«, fügte er nachdrücklich hinzu, »und kein Traum, wie ihr glaubt. Das hier ist Wirklichkeit, so wie auch eure Welt tatsächlich besteht, und ihr könnt Schwierigkeiten auf euch nehmen, um Leid zu beenden, aber ihr könnt auch gehen. Das bleibt eure Wahl. Jeder Mensch hat das Recht, sich frei zu entscheiden. Deshalb ziehe ich mich jetzt zurück!« Mardian drehte sich um, trat in das Sonnenlicht hinaus und überließ die Geschwister sich selbst.

John und Margaret waren keine Helden, sie waren nicht mutiger und nicht feiger als die meisten anderen Menschen auch. Aber ihnen schien, trotz Mardians Erklärung, das ganze Erlebnis weiterhin doch mehr ein Traum zu sein. Also gab es für sie, ganz gleich, wie sie sich entscheiden und was sie unternehmen würden, keine wirkliche Gefahr. Es war ein spannendes Abenteuer, nicht mehr. Und sie würden, sobald ihnen Gefahr drohte, aufwachen und sich in ihrer vertrauten Welt befinden. Außerdem glaubten sie, wie andere Kinder auch, die viele solche Geschichten von alten Zeiten und bösem Zauber lesen, ganz fest daran, daß auch diese hier glücklich enden mußte. Mit Wagemut und Vertrauen könnten sie dem Guten zum Sieg verhelfen. Auch reizte es sie ungemein, erleben zu können, wie es auf der mittelalterlichen Burg eines Herzogs zuging. Sie dachten an Turniere, finstere Ritter in Kettenhemden, bucklige Hofnarren, edle Damen und riesige Festtafeln. Wieso sich fürchten, wenn doch ein aufregendes Abenteuer in Aussicht stand?
Sie verbrachten deshalb auch nur kurze Zeit damit, zu überlegen, ob sie Mardian – dem Werwolf – tatsächlich helfen sollten, schließlich wußten sie, daß man jedem Menschen und jedem We-

sen in Bedrängnis zu Hilfe kommt, wenn es einem möglich ist. Gab es nicht sogar eine Pflicht zu helfen, selbst wenn man sich dabei in Gefahr begab? Was sollten sie also groß überlegen! Über gute Taten spricht man nicht lange. Sie wachsen aus der Überzeugung.

Es waren ganz andere Dinge, über die sie sich die Köpfe heiß redeten. Sie malten sich in den buntesten Farben aus, womit sie den unheimlichen Zauber brechen könnten. Und als Mardian gegen Mittag zurückkehrte, rätselten sie noch immer herum, wie er sich wohl alles vorstellte.

Der Plan ihres Gastgebers klang recht einfach. »Ritter Almeric wird keinesfalls ahnen, daß sich zwei Kinder mit mir verbündet haben, um seinen Bann zu brechen. Er hält sich für ungeheuer mächtig. Außerdem weiß er nicht, daß ihr euch in den Wolfswald und zum Hexenhaus vorgewagt habt. Ihr seid in seinen Augen völlig harmlos. Ich hoffe sogar, daß er euch nicht einmal wahrnimmt. Ich selbst darf nicht zu dicht an die Burg heran, aber ich kann euch zeigen, wie man unauffällig hineingelangt.

Ihr mischt euch dann unter die Leute, und wenn ihr es ein bißchen geschickt anstellt, werdet ihr bald in Herzog Othos Nähe kommen und ein Wort mit ihm wechseln können.« Er sah John auffordernd an. »Du tust dich mit den Jungen deines Alters zusammen und wirst dann irgendwann zu ihm gerufen, weil du ihm einen Dienst erfüllen sollst. Ist es soweit, zeigst du ihm das Amulett und erzählst ihm meine Geschichte. Doch achte darauf, daß es niemand sieht und berührt. Drücke es ihm in die Hand, wenn du unbeobachtet bist. Er wird sich an unsere Schwüre erinnern und wissen, daß das Amulett ein Hilferuf von mir ist. Danach liegt alles bei Herzog Otho. Er findet mit Sicherheit einen Weg, diesen heimtückischen Almeric loszuwerden. Umsonst ist er nicht Herzog!«

Mardian nahm das Medaillon ab und gab es John. Der Junge faßte es so behutsam an, als könnte er sich daran verbrennen.

»Aber wenn mir der Herzog nicht glaubt?« fragte er und sah Mardian zweifelnd an. »Was geschieht, wenn er denkt, ich habe das

Amulett irgendwo gefunden und will nur eine Belohnung einstreichen?«

Dann bin ich mit meiner Hoffnung am Ende. Wenn Vertrauen stirbt und die Freundschaftsschwüre nichts mehr wert sind, muß ich ein Wolf bleiben, bis mich die Jäger erlegen. Tritt das ein«, sagte er ernst, »gibt es für mich auch keinen Grund mehr, ein Mensch zu sein.«

VIII

Die Entscheidung

Die Entscheidung war gefallen, und alle hatten das Gefühl, eine schwere Last würde von ihnen genommen. Die Kinder waren froh, denn eine innere Stimme sagte ihnen, daß sie den richtigen Weg eingeschlagen hatten.

»Wozu sind wir denn verzaubert worden? Würden wir nicht helfen, wäre das doch ganz umsonst geschehen«, vermutete Margaret.

Mardian strahlte zum erstenmal. Denn nun endlich sah er eine Möglichkeit, Herzog Otho zu retten und von dem grauenhaften Zauber dann erlöst zu werden.

»Aber wie sollen wir in die Burg hineinkommen, wenn überall die Wachen stehen und jeden ausfragen, der sich zeigt?« wollte John wissen.

»Es gibt einen geheimen Eingang. Ich werde euch zeigen, wie man dahin gelangt. Er führt wiederum in ein Geheimzimmer, von dem außer dem Herzog und mir niemand Kenntnis hat. Wir haben es als Jungen oft benutzt, aber ich bin seit vielen Jahren nicht mehr da gewesen. Dort wird euch niemand finden. Ich will euch in der Nacht dort hinführen. Und wenn die Burg langsam zum Leben erwacht, paßt ihr eine günstige Gelegenheit ab, hinauszuschlüpfen und euch unter die jungen Leute zu mischen. Ihr findet sicher eine Möglichkeit, euch dem Herzog ohne Gefahr zu nähern.«

»Gerade die Zeit bereitet mir Kummer«, sagte John stockend. »Ich frage mich, was unsere Eltern dazu sagen, wenn wir noch länger fortbleiben. Sie, Mardian, haben uns erklärt, dies wäre kein Traum. Also werden Mutter und Vater sich Sorgen um uns machen. Wir sind ja schon eine ganze Nacht lang fort...«

»Nein, das ist nicht weiter schlimm«, beruhigte Mardian. »Die

Zeit ist nicht dieselbe. Wenn ihr zurückkehrt, werdet ihr merken, eure Eltern haben euch nicht einmal vermißt. Ich bitte euch, denkt nicht länger an eure Welt. Wir müssen rasch handeln.«
John nickte. Mardian hatte recht. Eigentlich interessierten sie die »Ferien«, das »Hotel«, die »Ausflüge« schon gar nicht mehr. Um ehrlich zu sein, sie sehnten sich nicht einmal nach den Eltern. Ihnen kam es vor, als würden sie bereits ewig in dieser längst vergangenen Zeit leben, in der es Burgen und Herzöge, gute, tapfere Ritter und hinterhältige Schurken gab, die sich mit Hilfe von bösen Mächten den Thron erschlichen und dadurch das Glück anderer zerstörten. Sie wußten nicht, daß dies durch alle Zeiten hindurch geschehen war – und noch geschieht. Denn der Mensch bleibt sich gleich, nur die Kostüme und Kulissen wechseln.
So stürzten sich Margaret und John begeistert auf den Inhalt der riesigen Truhe und suchten sich einige Kleidungsstücke heraus.
»Es sind Sachen darunter, die euch passen müßten«, sagte Mardian. »Die gute alte Gulda hat sehr viele Stunden damit verbracht, uns Kindern die Kleider zu flicken. Wie oft hat sie Otho und mich vor Prügeln bewahrt, indem sie rasch die Risse in unseren Hosen ausbesserte oder uns gar etwas Neues gab. Sie bewahrte in dieser Kiste immer eine Menge Ersatzsachen auf. Hier, mein Fräulein, zieh das mal an.«
Es war das allerschönste Verkleidungsspiel, das man sich denken konnte. Wunderbare alte, echte Kleidungsstücke, keine Faschings- oder Theatergarderobe. Die Gürtel aus weichem Kalbsleder waren mit silbernen Beschlägen und Steinen verziert. Türkise für John und Rubine für Margaret. Die Sachen waren alle getragen und an einigen Stellen fein säuberlich repariert. Jeder Stoff war von Hand gewebt worden, wie Mardian ihnen erklärte, und mußte viele Jahre überdauern. Als sie schließlich zu seiner Zufriedenheit ausstaffiert waren, sah es aus, als würden sie seit Ewigkeiten so herumlaufen.
John trug eine strumpfartige, graugrüne Hose – wie Mardian – und ein dunkelblaues, wollenes Wams. Er hatte schwer mit einem

knallroten geliebäugelt, aber der Werwolf hatte nur den Kopf geschüttelt.
»Es ist besser, dunkle Farben zu nehmen. Wenn ihr euch verstekken müßt, fallt ihr damit nicht so leicht auf.«
Margaret steckte in einem grauen Kleid mit langen, engsitzenden Ärmeln, das fast bis zum Boden reichte. Darüber kam noch eine Art ärmelloser Mantel, in einem tiefen Braunrot. Mardian nannte das einen Überwurf. An ihrem Gürtel hing eine kleine Börse aus hübsch besticktem Wildleder mit ihrem Taschentuch und der Goldmünze, die ihr der Jäger zugeworfen hatte. Beide hatten sie auch passende Schuhe gefunden. Sie waren aus weichem Leder, gingen nur knapp über die Knöchel und liefen vorn ganz spitz zu.
Am meisten begeisterte John jedoch das Jagdmesser. Es war mit Lederriemen an seiner Gürteltasche befestigt und hatte einen herrlichen, mit Türkisen besetzten Griff. John zog es immer wieder bewundernd heraus und prüfte die Klinge. Es war höllisch scharf.
»Ich muß tüchtig aufpassen, daß ich mir damit nicht den Mund zerschneide...« John hielt verblüfft inne und sah Mardian mit weit aufgerissenen Augen an. »Woher weiß ich bloß?« stammelte er. »Ist es wirklich wahr, daß ich es beim Essen benutzen muß?«
Der Werwolf nickte. »Natürlich. Tut man das nicht bei euch?«
John runzelte die Stirn und versuchte sich zu erinnern. »Ja, in gewisser Weise schon. Aber das Messer sieht dann anders aus. Ich weiß nicht, wie ich es mit diesem Dolch hier bewerkstelligen soll. Heißt das, wir gehören jetzt wirklich irgendwie hierher?«
»Ich glaube, daß ihr tatsächlich ein Teil dieser Welt seid. Ihr werdet euch nicht fremd darin fühlen. Hat es euch denn nicht erstaunt, daß ihr und ich miteinander reden können, obwohl ihr, wie ihr mir berichtet habt, aus einem anderen Land jenseits des Meeres kommt und unsere Sprache nie gelernt habt?«
»Doch! Wir haben uns das aber damit erklärt, daß man im Traum immer alle Sprachen kann«, erwiderte John. »Herr Mardian, bedeutet das, wir werden uns in diesem Jahrhundert hier zurechtfin-

den und alle Sitten beherrschen? Wir dürfen auf der Burg schließlich nicht auffallen.«

»Es wird euch alles bekannt vorkommen. Da bin ich sicher. Aber nennt mich bitte nicht ›Mardian‹. Ihr dürft diesen Namen vorerst nur für den falschen Mardian verwenden! Achtet darauf, daß euch nie der Name Almeric entschlüpft. Nennt mich einfach ›Wolf‹. Das paßt zu mir und ist leicht zu behalten. Auch eure Namen sollen abgewandelt werden. Du wirst von jetzt an Greta heißen, und aus John wird Hans. Und hört gut zu! Wenn euch jemand fragt, woher ihr stammt, dann sagt ihr, ihr seid Enkelkinder von Grisel. Die Verwandte des Herzogs ist uralt und hat längst die Übersicht über ihre zahlreichen Nachkommen verloren. Außerdem verwirrt sich ihr Geist immer mehr, und wenn sie behauptet, sie würde euch nicht kennen, wird das niemanden erstaunen. Eure Eltern sind vor kurzem gestorben, und ihr seid zwei Mündel des Herzogs. Das bedeutet, man wird euch zu Otho bringen, wenn ihr irgend jemandem verdächtig erscheinen solltet. Und damit wäret ihr am Ziel. Und nun, kleine Greta, was sagst du, wenn man dich ausfragt?«

Ohne überhaupt darüber nachzudenken, machte Margaret einen kleinen Knicks und hielt dabei ihre Röcke zur Seite.

»Oh, verehrter Herr, wir heißen Hans und Greta, sind Mündel des Herzogs, und Frau Grisel ist unsere Großmutter.«

Der Wolf lächelte. »Siehst du, man könnte meinen, du seiest bei Hofe aufgewachsen. Ihr braucht also keine Angst zu haben, daß ihr auffallt. Und du, Hans, steck das Amulett gut in deine Tasche und paß immer darauf auf. Wir müssen uns ein wenig beeilen, die weiteren Dinge zu besprechen. Die Sonne senkt sich schon zum Horizont herab, und ihr wißt, wenn sie dort verschwindet, kann ich euch nichts mehr erklären. Denn ich verliere ja nicht nur meine menschliche Gestalt, sondern auch meine Sprache. Kommt. Wir gehen hinüber und essen und trinken noch etwas. Dabei können wir unseren Plan ausarbeiten.«

Sie folgten dem Wolf. Bevor sie sich gemeinsam an den Tisch setzten, faßte Margaret ihn am Arm und hielt ihn fest.

»Wolf?« kam es verlegen.
»Ja, was ist, kleine Maid?«
Sie zögerte, wurde dunkelrot und stotterte: »Ich möchte Ihnen nicht weh tun . . . , aber . . . , aber haben Sie nicht gesagt, Sie würden uns nach Einbruch der Dunkelheit zur Burg bringen und uns den geheimen Gang zeigen?«
»Ja, was ist damit?«
»Ich . . . , ja, ich meine, wenn Sie sich dann verwandelt haben . . . «
»Ich bin in der Nacht ein Werwolf. Und du fragst dich, wie ihr mit mir zusammen sein könnt, ohne daß ich euch zerfleische?« half ihr Mardian weiter.
»Ja«, brachte Margaret kläglich hervor und senkte den Kopf.
Er betrachtete sie eine Weile mit Trauer in den Augen, wandte sich dann abrupt von ihr ab und sah aus dem Fenster. Er sprach, ihnen den Rücken zugewandt: »Wenn die Dämmerung einsetzt, gehe ich in meiner Wolfsgestalt in den Wald hinaus, reiße eine Beute und stille die Gier nach Blut. Gesättigt kann ich es wagen, euch gegenüberzutreten. Ich kann mich dann beherrschen, und ihr könnt mir bis zum Morgen trauen.«
»Aber wir trauen Ihnen auch so«, rief John.
Der Werwolf wandte sich zu ihnen um. »Tut das keinesfalls! Wartet, bis ich draußen war und meine Gier gestillt ist.« Mardian hatte Tränen in den Augen. »Sobald die Sonne untergeht, verschwindet ihr in dem anderen Raum, verriegelt die Tür und schiebt die Kleiderkiste als weitere Sicherung davor. Ganz gleich, was ihr hört, ihr dürft die Tür keinesfalls öffnen. Bitte, glaubt mir, ich bin nicht mehr derselbe und habe mich nicht in der Gewalt. Schließt die Fensterläden fest. Und noch einmal: *Öffnet unter keinen Umständen die Tür!* Ich kehre zurück, wenn der Mond hoch am Himmel steht. Zeigt sich sein Licht durch die Fensterläden, könnt ihr sie öffnen und nach mir Ausschau halten. Habt ihr verstanden?« Mardians Stimme klang auf einmal sehr barsch.
»Ja. Wir versprechen Ihnen, uns an die Anweisungen zu halten«, bestätigte John.

»Da ist aber noch etwas, was ich nicht verstehe«, warf Margaret ein. »Ist es nicht furchtbar gefährlich für Sie, als Wolf mit uns zur Burg zu kommen?«
»Nicht gefährlicher als sonst auch in all den anderen Nächten. Uns bleibt keine Wahl. Ich kann nicht bei Tageslicht mit euch gehen. Und ohne mich findet ihr niemals den geheimen Gang. Gleichzeitig bin ich in Wolfsgestalt allein nicht in der Lage, Fenster und Türen zu öffnen, um in die Burg zu gelangen. Wir müssen also zusammen losziehen. Und jetzt«, er warf einen raschen Blick zum Himmel, »will ich euch noch erzählen, wie man in die Burg kommt. Seht her, hier habe ich eine Zeichnung. Da, dicht bei der Zugbrücke, ist das Fenster, an dem Otho und ich einst den Riegel entfernt haben, um uns einen unbemerkten Einstieg zu verschaffen...

Als die Sonne hinter den Wipfeln der Bäume verschwand, faltete Mardian sorgsam das Pergament mit der Zeichnung von der Burg und legte es in den Eckschrank. Das Feuer war längst erloschen. Sie hatten es in der Wärme des Tages nicht mehr gebraucht. Er holte die noch nicht ganz verbrannten Scheite heraus, verstaute sie unter dem übrigen Brennholz und verteilte die Asche im Kamin, damit es den Anschein erweckte, hier hätte seit langem keiner gewohnt. Alle Spuren ihrer Mahlzeit wurden ebenfalls beseitigt. Für einen neugierigen Besucher würde dies in Kürze eine leerstehende Hütte sein.
Mardian warf Margaret einen prüfenden Blick zu. Sie nickte tapfer, aber in ihrem Gesicht mußte die Angst geschrieben stehen. Er versuchte sie zu trösten.
»Du brauchst dich nicht zu fürchten. Wenn ihr euch an unsere Abmachung haltet, wird euch sicher nichts geschehen. Und sollte der Zauber stärker sein, als ich vermute, dann hast du, Hans, noch immer dein Messer, und du, Greta, nimm dies als Gegenmittel.«
Mardian griff in den Schrank und holte eine winzige, hölzerne Schachtel heraus, die, wie Margaret sofort erkannte, Pfeffer enthielt.

»Auch ein wilder Wolf wird davor zurückschrecken«, sagte er und schnitt eine Grimasse. »Oh, es ist ein sehr machtvolles Gewürz, noch sehr wertvoll dazu. Die gute alte Gulda hatte einen Hang zu Gewürzen und kräftig abgeschmeckten Speisen. Und da wir sie sehr mochten, stibitzten Otho und ich, als wir als Pagen bei der herzoglichen Tafel dienten, häufig solche Dinge. Sie ist sehr sorgsam damit umgegangen, und so gibt es hier noch einige Vorräte.«
Er nahm ein paar Krümelchen heraus, roch daran, verzog das Gesicht und nieste heftig. »Ich glaube, der Pfeffer hat noch nichts von seiner Kraft eingebüßt. So kostbar er auch ist, zögere nicht, ihn zu gebrauchen. Versprich es mir.«
»Ja, Wolf.«
Er überreichte ihr die Schachtel und schloß dann die Schranktür. »Es ist soweit. Geht in den anderen Raum, verriegelt alles, wie ich euch gesagt habe. Auch die Fensterläden. Versucht, keine Angst vor mir zu haben. Es wäre grauenhaft, wenn euch meine Wildheit in Schrecken versetzte oder ich euch sogar anfallen wollte.«
Die Kinder gingen. Bevor Margaret die Tür schloß, sah sie noch zu Mardian hin, der mit hängendem Kopf und hochgezogenen Schultern mitten im Raum stand, gepackt von dem Entsetzen über die bevorstehende Verwandlung. Margaret lief zu ihm zurück und ergriff seine Hand.
»Ach, Wolf, machen Sie sich keine Sorgen«, stammelte sie erschüttert, »wir fürchten uns nicht. Bestimmt geht alles gut. Wir tun genau, was Sie gesagt haben. Vielleicht ist ... vielleicht ist die Verwandlung diesmal nicht mehr ganz so schlimm, weil sich ja bald alles ändern wird.«
Er legte sanft seine andere Hand auf die ihre, hielt sie einen Moment lang fest und sah Margaret mit seinen gelben Augen an. »Wie recht du hast, kleine Maid. Diese Nacht bin ich mit meinem Leid nicht allein. Ihr macht mir Mut. Ich danke euch. Und nun ade, Hans und Greta. Wir sehen uns in einigen Stunden. Ich wünsche euch alles Gute!«
Sie ließen ihn allein und schlossen sorgfältig die Tür hinter sich. Dann schoben sie mit vereinten Kräften die schwere Holztruhe

davor. Anschließend verriegelten sie die Fensterläden und setzten sich, eng aneinandergepreßt, auf die Kiste und warteten.

Bald drang kein Licht mehr durch die Ritzen der Fensterläden. Margaret fühlte sich sehr unbehaglich und hielt die Hand ihres Bruders fest, die wie die ihre feucht vor Aufregung war.
John hörte es als erster.
Ein dumpfes Aufschlagen, als wäre ein schwerer Körper zu Boden gefallen, dann ein leises Stöhnen, das sich trotzdem so schrecklich anhörte, daß er sich am liebsten die Ohren zugehalten hätte. Margaret drängte sich noch enger an John. Plötzlich brach das Stöhnen abrupt ab. Die darauffolgende Stille war viel entsetzlicher. Gebannt lauschten sie in die Dunkelheit. Auf einmal drang ein langgezogenes, grollendes Gähnen aus dem anderen Zimmer zu ihnen herüber. Es klang, als sei ein riesiges Tier aus dem Schlaf erwacht und strecke sich. Schon kratzte und schleifte es über die Dielen. Das war der Tritt von krallenbewehrten Pfoten. Er kam näher und näher. Dann ein fürchterliches Heulen, gierig, wild, gefolgt von einem drohenden Knurren. Das Blut schien ihnen in den Adern zu stocken, und die Haare standen ihnen zu Berge.
Jetzt kratzten die Pfoten wütend an ihrer Tür. Dazwischen ein Schnüffeln an der Schwelle. Wieder ein Jaulen und Heulen, und plötzlich ein dumpfer Schlag, als ob sich jemand mit voller Wucht gegen die Tür werfe.
John und Margaret erstarrten. Die dicken Bretter bebten, und die rostigen Angeln ächzten gefährlich. Doch die Tür hielt. Das brachte die blutgierige Bestie nur noch mehr auf, sie nahm erneut Anlauf und sprang dagegen. Die Kinder hörten den Wolf keuchen, und sie fürchteten, er würde mit seinen Krallen die Bohlen zerfetzen. Entsetzt wichen sie in die äußerste Ecke des Zimmers zurück und kauerten sich auf den Boden. John hatte sein Messer gezückt, und Margaret hielt den Pfeffer bereit. Ängstlich starrten sie in Richtung Tür, wo der verwandelte Mardian heulte und tobte, weil er Menschen witterte und hungrig war.
Endlich wurde es still. Doch kaum richteten sie sich erleichtert auf,

hörten sie die Bestie am Fenster. Wütend bearbeitete der Werwolf die Läden, knurrte und jaulte und biß in das Holz. Einen Moment lang spürten sie förmlich seinen heißen Atem. Dann flohen sie zur anderen Seite des Zimmers und hockten sich, eng aneinandergeschmiegt, an die Wand.

Mardian hatte sie gewarnt, aber so grauenhaft hatten sie es sich nicht vorgestellt. Erst jetzt begriffen sie sein grausames Los so richtig. Tagsüber ein edler, freundlicher Mann, der sich von wenig Brot, ein paar Waldbeeren und Honig ernährte, und nachts eine reißende Bestie, die durch die Gegend streifte und über alles Lebendige herfiel. Das allerschlimmste jedoch war, daß er am nächsten Morgen, wenn er seine Menschengestalt zurückerhalten hatte, dazu verurteilt war, sich an alles, was er als Wolf angerichtet hatte, zu erinnern. Wie sehr mußte er sich hassen! Daher die scheinbar übertriebenen Warnungen. Er kannte seine blutrünstige Gier, die vor nichts haltmachte. Jetzt war er hilflos seinen tierischen Trieben ausgeliefert..., ein gefährlicher Wolf, der keine menschliche Regung kannte...

Auf einmal war alles vorbei. Der Wolf ließ vom Fenster ab. Nach einiger Zeit ertönte vom Wald her ein langgezogenes Geheul, das ihnen kalte Schauer über den Rücken jagte. Dann herrschte Stille.

Ab und zu durchbrach der Schrei eines Käuzchens das lastende Schweigen. Die Kinder wagten es nicht, miteinander zu sprechen. Sie hockten wie gelähmt auf der Kleidertruhe und warteten gespannt, daß der Mond sein Licht durch die Fensterläden schickte.

Es war wohl etwa eine Stunde vergangen, als er am Himmel aufstieg. Den Kindern jedoch schien es in ihrer Angst und in der Dunkelheit, die ihnen jeden Zeitbegriff nahm, eine Ewigkeit gewesen zu sein. Jeder hatte seinen Gedanken nachgehangen, aber keiner hatte darüber gesprochen. Erst als das Mondlicht durch die Ritzen der Läden drang, kehrte Leben in sie zurück. John sprang auf, lief zum Fenster und öffnete es. Dann lehnten sich die beiden hinaus und warteten auf die Rückkehr des Werwolfs.

Die Lichtung wirkte in dem kalten, fahlen Licht des Mondes gespenstisch. Jede Brombeerranke, jedes Büschel Farn wurde zu geisterhaften Wesen, und die großen Königskerzen ragten wie Wächter aus einer finsteren Unterwelt in die Höhe. Nichts regte sich. Und dann, auf einmal, löste sich ein Schatten aus dem Dunkel der Tannen und trat in das helle Rund. Sie konnten den Wolf so klar erkennen, als sei es Tag. Von seinen Lefzen tropfte noch das Blut, und auch seine Brust war damit beschmiert. Die Augen glommen gelb und gefährlich, und die gerollte Zunge hing lang aus dem Maul. Ein scheußlicher Anblick, der die Kinder für einen Moment entsetzt vom Fenster zurückweichen ließ. Mardian hatte ihnen zwar gesagt, daß er erst jagen müßte, um sie nicht zu gefährden, aber sie hatten nicht damit gerechnet, daß er dann so grauenerregend sein würde. Mit einem Satz sprang er über das verfallene Mäuerchen und wälzte sich kurz darauf im hohen Gras des Gartens, um sich die Spuren seiner Tat vom Fell zu wischen. Dann stand er auf, schüttelte sich, trottete an ihrem Fenster vorbei, hob eine Pfote wie ein Hund, der um etwas bittet, und lief zum Hintereingang.

»Er gibt uns ein Zeichen, daß wir jetzt herauskommen sollen.« Margarets Stimme zitterte.

»Gut, wir wagen uns raus«, entgegnete John.

»Und was machen wir, wenn es der falsche Wolf ist?«

John zuckte hilflos die Achseln.

Sie schoben die Kiste von der Tür fort, zogen den Riegel zurück und schlichen vorsichtig in das andere Zimmer. Dort stand der riesige Werwolf und schien sie zu erwarten. Er war viel größer, als er ihnen eben noch draußen vorgekommen war. Kein Wolf wurde so groß, und ihr Schäferhund Tray wäre ein Zwerg daneben gewesen. Sein Rücken reichte Margaret fast bis an die Brust, und hätte er den Kopf gehoben und sie angeschaut, wären ihre Augen wahrscheinlich auf gleicher Höhe gewesen. Aber er hielt den Kopf gesenkt, als schäme er sich seiner Wolfsnatur.

Und erst in diesem Moment war beiden Kindern, ohne daß sie darüber sprachen, klar, wie sehr sie Almeric haßten, der diesen bösen Fluch auf dem Gewissen hatte. Sie würden alles tun, um diesen schrecklichen Zauber aufzuheben. Ein Mann, der aus Machtgier zu so einer niedrigen Handlung fähig war, verdiente die schlimmste Strafe. Sie waren fest entschlossen, für den Wolf alles zu wagen.

Nur zu gern hätten sie ihn getröstet und gestreichelt, wie sie es mit Tray taten. Aber sie wußten, sie durften es nicht, wollten sie ihn nicht unnötig reizen. Doch Margaret hatte so viel Vertrauen zu dem Wolf, daß sie die Schachtel mit dem Pfeffer in den Schrank zurücklegte, und John schob sein Messer wieder in die Scheide.

Sie nahmen ihre Umhänge – Johns war ganz schwarz, der seiner Schwester rotbraun – und prüften noch einmal, ob sie alles bei sich hatten.

John schlug gegen seine Tasche. »Ich habe das Amulett sicher verstaut«, sagte er, zu dem Wolf gewandt.

»Und ich habe ein bißchen Essen eingesteckt«, sagte Margaret und zeigte auf den großen Beutel unter ihrem Überwurf. »Man kann nicht wissen, wann wir auf der Burg etwas bekommen.«

Der Wolf drehte den Kopf zur Tür, als wolle er zum Gehen drängen.

»Jawohl, edler Herr, wir sind bereit!« rief John. Und sie traten ins Mondlicht hinaus.

IX

Das Klagelied des Wolfes

Das letzte Mal, als die Kinder durch den finsteren Wald gelaufen waren, hatten sie sich vor dem Wolf gefürchtet. Jetzt war er ihr Führer und Beschützer, und sie vertrauten ihm, obwohl sie ihn so wild und blutgierig erlebt hatten. Sie konnten in der Dunkelheit – das Mondlicht drang hier kaum durch die Tannen – fast nichts erkennen. Dem Wolf dagegen schien nichts zu entgehen. Ab und zu drängte er eines der Kinder behutsam auf den richtigen Weg zurück, wenn es zu sehr zwischen die Baumwurzeln geriet. Einmal, als Margaret trotz aller Vorsicht stolperte, war er sofort an ihrer Seite, und sie konnte sich noch im Fallen an seinem dichten Fell festhalten. Von da ab behielt sie den Arm um den Nacken des Tieres geschlungen und ließ sich von ihm führen.

Nach einiger Zeit stieg der Pfad steil an, sie kamen zu dem umgestürzten Baum, und wenig später lag im bleichen Mondlicht ihr Picknickplatz vor ihnen. Der dicke Baumstumpf, auf dem sie gesessen hatten, war noch immer da, aber der Wegweiser fehlte. John stockte, als suche er etwas, sagte aber kein Wort. Dann schüttelte er den Kopf und trottete weiter, aber in seinem Gesicht zeigte sich große Verwirrung.

Es schien Ewigkeiten zu dauern, bis die Burg vor ihnen auftauchte. Der Wolf blieb stehen. Verblüfft schauten die Geschwister hinüber. Es hätte sie nicht verwundert, die Burg hell erleuchtet und voller Leben zu sehen – aber das war nicht der Fall! Unweit von ihnen erhob sich auf dem Felsen nichts als eine Ruine...

Und dort wollte Mardian sie hinschicken, damit sie den Herzog ausfindig machten und ihm von dem Leid seines Freundes berichteten? Sie starrten auf das verfallene Gemäuer und dann voller Mitleid auf den Wolf.

Da setzte er sich auf einmal hin, reckte den grauen Kopf zum Mond und stieß ein langgezogenes fürchterliches Geheul aus, das John und Margaret durch Mark und Bein ging. Schauerlich durchdrang es die Nacht und sprach von unsäglicher Einsamkeit, Trauer und Schrecken. Die Kinder faßten sich ängstlich bei der Hand und wichen zurück. Sie hatten Gänsehaut bekommen.
So unvermittelt, wie es begonnen hatte, brach das Geheul auch wieder ab. Der Wolf senkte den Kopf und erhob sich. Er spitzte wachsam die Ohren, warf ihnen einen Blick über die Schulter zu und lief weiter.
»Das muß mit dem Zauber zusammenhängen. Er hat wahrscheinlich nur vergessen, uns etwas davon zu sagen«, meinte Margaret und folgte ihm.
»Hm, vielleicht sieht er die Burg ganz anders«, versuchte John das Rätsel zu erklären.
Der Pfad senkte sich erst, stieg dann nach einigen Windungen an, und bald waren sie am Burggraben angelangt.
Der Wolf blieb hier wieder stehen. Sie warteten eine Weile. Nichts regte sich. Margaret betrachtete die Schilfrohre in dem sumpfigen Graben, aus dem die Mauern der Burg, steil wie Felsen, zum Himmel zu wachsen schienen. Der größte Teil der Anlage war verfallen. Efeu und andere Kletterpflanzen rankten aus leeren Fensterhöhlen und über zerbröckelnde Steine. Die Burgkapelle bestand nur noch aus dunklen steinernen Bögen, und die Sterne funkelten zwischen Mauerresten, die wie unheimliche Gerippe aufragten. Die ehemals stolzen Zinnen hatten tiefe Scharten bekommen und trugen keine Banner und Wimpel mehr. Von den beiden noch gut erhaltenen Ecktürmen mit ihren zauberhutartigen Dächern erscholl kein Rufen der Wache. Die schwere, eisenbeschlagene Tür stand offen und gab den Blick in einen menschenleeren Hof voller Schutt und Geröll frei. Oben im Eingang schwebten gefährlich die rostigen, spitzen Stangen des Falltors. Darauf zu führte eine Art schmaler, hölzerner Damm über den Graben. Er sah ebenfalls recht verfallen aus. An einigen Stellen gähnten riesige Löcher, spießten Balken in die Höhe. Etwa sechs Meter vor dem großen Tor endete

er. Und hier, wo früher eine Zugbrücke über die Tiefe heruntergelassen werden konnte, hingen nur noch zwei dicke, rostige Ketten.
Der Wolf setzte sich wieder in Bewegung. Er glitt geräuschlos seitlich von dem hoch aufgeschütteten Weg, der direkt in die Zufahrt überging, hinunter und duckte sich am Fuß des Erdwalls in den Schatten. Die Kinder verstanden seine Vorsicht nicht. Weit und breit war niemand zu sehen, aber er mußte wohl seine Gründe haben. Also krochen sie ebenfalls hinunter und warteten, was ihr Führer als nächstes tun würde. Er lauschte kurz und trottete dann auf den Graben zu. Dort angelangt, warf er ihnen einen auffordernden Blick über die Schulter zu und verschwand im Schilf.
Es fiel ihnen nicht leicht, den Graben zu überqueren. Der Schlamm griff eklig kalt nach ihren Füßen und schien sie in die Tiefe ziehen zu wollen. Bald waren sie bis über die Knie naß. Die scharfen Schilfblätter schnitten und piksten sie, und der Wolf war schon längst auf der anderen Seite, als sie erst die Mitte erreicht hatten. Drüben angekommen führte er sie scharf nach links zu einem Stützpfeiler, aus dem einige Steine herausgebrochen waren. Sie kletterten an ihm bis zu einem Mauervorsprung hoch und schoben sich, eng an die Wand gepreßt, ein Stück an der Burgmauer entlang, bis der Wolf stehenblieb und mit der Schnauze leicht nach oben deutete.
Sie sahen, nur etwa einen Meter über dem Vorsprung, hinter Efeu verborgen, ein vergittertes Fenster. Eigentlich war es eher eine Luke. Sie war wohl der Zugang zu Mardians geheimem Zimmer. Er blickte sie aus seinen gelben, im Mondlicht funkelnden Augen an und gab dazu kleine jaulende Laute von sich, als wolle er ihnen etwas sagen. Sie spürten, wie schmerzlich es für ihn sein mußte, dieses grausame Doppelleben zu führen, das ihm des Nachts alles Menschliche, auch die Sprache, raubte.
John bückte sich, schob den Efeu beiseite und rüttelte an den rostigen Stäben. Margaret tastete sich zu ihm, um ihm zu helfen, aber sie brauchte es nicht mehr. Ein heftiger Ruck, und John hielt das

ganze Gitter in der Hand. Ein paar kleinere Steine polterten nach unten in den Graben. John horchte in die Öffnung hinein. Alles war still. Da schoß schon der Wolf wie ein dunkler Schatten an ihm vorbei und verschwand im Innern. Ein kurzes Zögern, und John folgte.
Margaret hörte ihn gleich darauf flüstern: »Klettere rein! Alles in Ordnung. Niemand ist hier.«
Wer soll auch schon in dieser Ruine sein, dachte Margaret, als sie durch die Öffnung kroch. John half ihr auf den Boden. Doch kaum hatten sich ihre Augen an die Dunkelheit gewöhnt, schrie sie kurz verblüfft auf. Trotz der verfallenen Mauern, der eingestürzten Brücke und der fehlenden Dächer war hier drinnen alles wie in einer bewohnten Burg. Es mußte irgendwie ein Teil dieses merkwürdigen Zaubers sein, daß innerhalb der Wände tatsächlich ein Leben stattfand, wie es zu Mardians Geschichte gehörte. Nur draußen herrschte anscheinend wieder eine andere Zeit. Margaret strich sich verwirrt über die Stirn. Das sollte einer begreifen! Der Mond warf sein schwaches Licht auf einen großen Tisch mitten im Raum, einen Sessel, einen Schemel, einige Borde und einen ausladenden Schrank. An der hinteren Wand schien eine Tür zu sein.
Der Wolf lief unruhig zwischen den Möbelstücken hin und her. Dann trottete er zu der Tür, winselte leise und warf John wieder einen auffordernden Blick zu. Der schob den Riegel so sachte wie möglich beiseite und öffnete behutsam die Tür einen Spalt, ängstlich lauschend, ob die Angeln knarrten.
Vorsichtig spähten die Kinder hinaus. Alles war ruhig. Mardian hatte ihnen erzählt, daß die Tür in die Keller der Burg führte. Sie sahen schon die Schatten von zwei riesigen Weinfässern. Auf den Dielenbohlen lag dick der Staub, und überall hingen dichte Spinnweben. Die Wände bestanden aus unregelmäßig übereinandergenagelten Brettern. Auch die Tür war damit verkleidet, so daß man sie von der Kellerseite her überhaupt nicht sehen konnte, sobald sie geschlossen war. Kein Knauf und keine Klinke wiesen auf sie hin. Es gab nur auf Schlüsselhöhe ein winziges Astloch im Holz,

gerade groß genug, um einen Finger durchzustecken und das Häkchen von der Verriegelung wegzuschieben. Die geheime Tür befand sich in der dem Fenster gegenüberliegenden Wand, genau in der Mitte zwischen den beiden enormen Fässern. Kam der Kellermeister mit seiner Kerze oder Laterne herein, so warfen die beiden Tonnen ihren Schatten darauf, so daß niemand einen Verdacht schöpfen konnte.

Mardian hatte ihnen auch gesagt, daß sich überall unter diesem Teil der Burg Keller und Vorratsräume befänden. Im Grunde war es ein einziger riesiger Raum, unterteilt durch zahlreiche Verschläge. Darin lagerten Fässer, Flaschen und Krüge, irdene Gefäße mit eingepökeltem Fleisch und Kisten mit Getreide und Mehl, die sorgsam verschlossen waren, als gäbe es Diebe zu fürchten.

Langsam tasteten sich die Kinder von Verschlag zu Verschlag, dem Wolf folgend, der sie sicher führte. Es herrschte eine unheimliche, gruftartige Stille hier unten. Das kleinste Geräusch von ihnen und das Scharren der Wolfskrallen auf dem Boden schien von allen Wänden widerzuhallen. Der Geruch von gärender Hefe, Korn, Wein und Gewürzen drang ihnen in die Nase. Das sich ständig bewegende Licht der Fackeln warf zuckende Schatten.

Ab und zu raschelte und knackte etwas, und Margaret und John zuckten zusammen. Kleine dunkle Wesen huschten ihnen über den Weg. Mäuse! Aber Margaret dachte gleich an Ratten und schrie kurz auf. Auch der Wolf neben ihr knurrte leise und spannte sich, besann sich dann aber wohl und trottete ruhig weiter.

Dann bogen sie um eine Ecke, und vor ihnen lag eine ziemlich breite, steinerne Treppe, auf die durch ein winziges Fenster das Mondlicht fiel. Es war kein Glas davor, und die kühle Nachtluft strömte ungehindert herein. Oben sahen sie eine große Tür, die geschlossen war. Sie eilten hinauf, und John hantierte an dem Knauf. Es war derselbe Mechanismus wie an der Geheimtür. Ohne Schwierigkeiten ließ sich auch hier der Riegel beiseite schieben, und die Tür drehte sich geräuschlos in den Angeln. Wieder spähten sie vorsichtig in den Raum dahinter.

Diesmal war es ein mit Steinen ausgekleideter langer Gang. In

einer eisernen Halterung hing eine Fackel und warf ihren wabernden Feuerschein über Boden und Wände, rechts und links davon sahen sie Türen, die alle geschlossen waren. Am Ende des Korridors lag eine weitere Tür, auf die der Wolf zusteuerte. Das also mußte der Zugang zu dem Saal zwischen den Küchenräumen und der großen Halle sein. Diesen Weg würden sie also morgen früh zu nehmen haben.
Doch die Nacht über war es besser, sich zu verstecken. Sie kehrten um. Diesmal lief der Wolf nicht voraus. Einen Moment lang schien er zu zaudern und wandte den Kopf zu der Tür, die in die Wohnräume führte. Dann ging ein Ruck durch seinen Körper, und er trottete mit gesenktem Kopf hinter ihnen her, bis sie zu dem Fenster an der Treppe kamen. Dort blieb er plötzlich an einem Fleck, den das Mondlicht auf den Boden warf, stehen, setzte sich gleich darauf und reckte die Schnauze dem hellen Viereck in der Wand entgegen.
»Schnell! Er fängt gleich wieder sein Geheul an!« rief John.
Margaret rannte zu dem Wolf, kniete vor ihm nieder und schlang ihre Arme um seinen Hals.
»Armer Wolf, bitte, du darfst jetzt nicht heulen!«
Sie spürte, wie der fürchterliche Laut schon in seiner Kehle aufstieg, das tief innen angestaute Leid seinen Weg nach draußen suchte. Doch da straffte sich der Körper des Tieres, die Kiefer schlugen zusammen, als wollten sie sich im letzten Moment über dem Wehklagen schließen. Der große graue Kopf senkte sich, und die lange, rote Wolfszunge leckte Margaret zärtlich übers Gesicht. Dann sprang er auf und lief ihnen durch die Keller voraus. Sie schlüpften an den Fässern vorbei durch die Geheimtür in das Zimmer zurück. Der Wolf rannte zum Fenster und legte die Vorderpfoten auf den Sims, bereit, die Kinder jeden Moment zu verlassen.
»Wir werden uns an alles halten«, versprach John. »Es geht schon in Ordnung.«
»Ja, wir werden ganz vorsichtig sein«, versicherte ihm Margaret. »Der gute Zauber wirkt bestimmt! Sie brauchen sich keine Sorgen zu machen.«
»Und versuchen Sie bitte nicht, während des Tages herzukommen,

gleich was geschieht«, fügte John hinzu. »Ich schiebe, wenn Sie draußen sind, wieder das Gitter in das Fenster. Wir werden jedoch jede Nacht hier unten sein und auf Sie warten, außer es hindert uns jemand daran.«
»Vielleicht dürfen Sie bald zum Herzog, und er schließt seinen Mardian in die Arme«, flüsterte Margaret zum Abschied. »Wolf, passen Sie gut auf sich auf. Wir werden Sie mit Hilfe des Amuletts schon erlösen.«
Der Wolf warf ihnen einen letzten traurigen Blick zu, wandte sich ab, sprang durch das Fenster und war im Nu verschwunden. John zog das Gitter vor die Öffnung. Wenig später hörten sie von weit her das herzzerreißende Heulen des Werwolfs.
»Mein Gott, Margaret! Komm und sieh hinaus!« flüsterte John aufgeregt.
Margaret zog sich hoch und kniete sich neben den Bruder auf den Sims.
Der Mond tauchte die Mauern unter ihnen in klares Licht. Dort, wo sie vorhin durch Schilf und Schlick gewatet waren, schimmerte jetzt ein breites Band von Wasser. Die hölzerne Zufahrt, eben noch verfallen, war in einem tadellosen Zustand. Ein Stützpfeiler verwehrte ihnen leider den Blick auf die Zugbrücke. Sie zweifelten aber nicht daran, daß auch sie auf einmal wieder an den Ketten hing.
Sie waren wohlbehalten in der Burg gelandet und in den Zauberkreis eingesponnen. Für sie begann nun die Welt von Mardian und Herzog Otho. Bestimmt flatterten bunte Wimpel und Banner hoch droben auf den Zinnen, und auf den spitzen Dächern der Türme drehten sich im Mondschein glänzende Wetterhähne nach dem Wind. Für sie würde kein Stein mehr fehlen, keine Mauerreste würden mehr geisterhaft aufragen. Dafür erhellten Fackeln die Säle, und im Innenhof herrschte reges Treiben.
Doch für Mardian, den Wolf, der jetzt auf der anderen Seite des Grabens, in seinem grausamen Bann gefangen, durch die Wälder streifte, war die prächtige Burg seines Herrn wieder nur ein verfallenes Gemäuer.

Sie kletterten hinunter, und Margaret packte die Sachen aus, die sie mitgenommen hatten. Die Geschwister wagten es nicht, eine Kerze anzuzünden. Im spärlichen Licht, das durch das Fenster drang, verschlangen sie Brot und Äpfel. Dann hockten sie sich, in ihre Umhänge gewickelt, in die dunkelste Ecke des Raumes und warteten dem Morgen entgegen.

X

Am Hof des Herzogs

Sie hatten nicht geglaubt, daß sie schlafen würden, aber die Aufregung und Anstrengung des Tages und der Nacht und vielleicht auch der Zauber ließen sie nicht lange wach bleiben. Eng aneinandergeschmiegt lagen sie auf dem Boden, als die Sonne ihre ersten Strahlen durch das Fenster schickte und sie weckte.

John setzte sich als erster auf, räkelte sich, gähnte, sprang dann auf und eilte zum Fenster. Draußen glitzerte im hellen Sonnenlicht das Wasser des Burggrabens, und über die Zufahrt rumpelten Karren. Menschen und Pferde drängten sich in beide Richtungen. Überall gab es Rufen und Geschrei.

»Das geht hier ja wie auf einem Markt zu«, bemerkte Margaret, die sich inzwischen neben ihn gezwängt hatte. »Sie bringen anscheinend lauter Sachen zum Verkauf in die Burg. Ich sehe da Gemüse und Eier und große Säcke. Und da ist ein Wagen mit einem Esel davor, auf dem sich Körbe und Fässer türmen. Was ist wohl in den Fässern? Guck mal, dort kommt ein fliegender Händler mit einem großen Bauchladen.«

»Und siehst du den Ochsenkarren auf der anderen Seite? Oh, Jäger preschen heran! Sie sind also wieder in der Morgendämmerung ausgeritten, um Wolf zu jagen. Ich hoffe, sie haben kein Glück gehabt...«

»Nein, John, das darf nicht geschehen sein. Das wäre unvorstellbar!«

Sie spähten vorsichtig nach unten. Alles wich ehrerbietig vor dem Trupp der Reiter zurück, die jetzt mit viel Lärm über die Zufahrt trabten. Die Hunde liefend bellend zwischen den Leuten hin und her, und es war derart voll auf dem hölzernen Steg, daß die Kinder meinten, er müßte im nächsten Augenblick zusammenbrechen.

An der Spitze der Jagdgesellschaft ritt der Mann auf dem rotbraunen Hengst, dem Margaret die falsche Auskunft gegeben hatte. Auch die Dame in Grün war wieder dabei.
»Und das dort ist bestimmt Prinz Crispin!« rief Margaret. »Auf dem herrlichen weißen Pferd. Er hat große Ähnlichkeit mit seinem Vater, ich meine, mit dem jungen Mann auf dem Amulett. Sie haben den Wolf nicht gefangen. Sie haben bis auf ein paar Hasen nichts weiter bei sich. Ich kann alles ganz deutlich sehen.« Margaret seufzte erleichtert auf.
John hatte noch seine Bedenken. Womöglich war er ihnen doch in die Hände gefallen, und sie hatten ihn gleich im Wald erlegt. Dann würden sie es erst in der Nacht merken, wenn er nicht zum Fenster kam. Aber nein, so eine wertvolle Beute, auf die ein hoher Preis ausgesetzt war, würde kein Jäger irgendwo zurücklassen, beruhigte er sich. Der Wolf lebte sicher noch. Er sprang vom Fenstersims herunter, ordnete seine Kleidung, rückte sein Messer zurecht.
»Langsam ist es Zeit, daß wir uns unter die Menschen wagen«, sagte er. »Jetzt ist so viel los. Es fällt bestimmt nicht auf, wenn wir auftauchen. Margaret, du hast doch einen Kamm eingesteckt. Wir dürfen nicht so zerzaust aussehen. So, danke. Wenn wir noch etwas zu essen wollen, müssen wir uns wahrscheinlich sputen. Erinnere dich, der Wolf hat gesagt, hier würden alle schrecklich früh aufstehen. Mittagessen gäbe es schon um neun Uhr, und dann käme nichts mehr bis zum Abend. Ich bin gespannt, was sie so zu bieten haben. Mein Hunger ist jedenfalls groß genug, um am Spieß gebratene Bären zu verspeisen.«
»Na, warte, vielleicht gibt es das wirklich hier. Ich könnte mir vorstellen, daß außerdem noch Heringspastete, Neunaugen und Eberköpfe serviert werden«, meine Margaret.
»Du kannst mich nicht schrecken. Hauptsache, ich werde satt. Und ein riesiger Topf Bier dazu wäre auch nicht übel. Nichts wie los. Wenn wir uns verlieren sollten oder es brenzlig für einen von uns wird, treffen wir uns wieder hier in diesem geheimen Zimmer. Spätestens heute nacht. Alles klar?«

»Ja, John, alles klar. Aber sollten wir nicht erst nach dem geheimen Platz suchen? Ich habe vergessen, welche Tür das auf Wolfs Plan gewesen ist.«

»Die dritte auf dem Gang oben. Es ist aber nur ein Loch im Boden, wie ich bisher gesehen habe. Margaret...«

»Was?«

»Ich finde das komisch, wie wir einerseits die alten geblieben sind und die Dinge hier von unserer Zeit her betrachten können, als blätterten wir nur durch ein Bilderbuch. Andererseits können wir mit den Menschen dieser vergangenen Welt reden und uns unter ihnen bewegen, als wären wir wirklich aus jener Epoche. Dabei habe ich das Gefühl, ich vergesse allmählich, was mit uns war, bevor wir dem Wolf begegnet sind. Mir ist noch so düster etwas von einem Zettel auf einem Baumstumpf in Erinnerung...«

»Mir geht es genauso. Ich habe den Verdacht, der Zauber ist so mächtig, daß wir bald nichts mehr von unserer Zeit wissen und nur noch im Mittelalter leben. Eigentlich ist das ganz gut. Dann machen wir keine Fehler, und die Leute schöpfen keinen Verdacht.«

»Du hast recht. Die Aufgabe ist schon so schwierig genug. Unsere Vergangenheit brauchen wir dazu nicht. Komm, wir brechen auf...«

Sie spähten in den Keller. Niemand zeigte sich, und es war auch nichts zu hören. Sie schlüpften hinaus, und es gelang ihnen, unbemerkt bis zu der geheimen Stelle zu kommen, die tatsächlich, wie John vorausgesagt hatte, nur ein Loch im Boden war, das wahrscheinlich direkt in den Graben führte. Dann schlichen sie auf Zehenspitzen bis an die Tür am Ende des Ganges, zu der sie der Wolf in der Nacht gewiesen hatte.

Und hier verließ sie ihr Glück. Kaum hatten sie sie aufgeschoben, fanden sie sich einem Mann in einem langen, blauen Gewand gegenüber. Auf dem Kopf hatte er eine Kappe mit einer silbernen Spange daran. Unter dem Arm trug er eine große pergamentene Rolle, und in der Hand hielt er einen Schlüsselbund. Hinter ihm standen noch zwei Männer in einfachen, rotbraunen, kurzen Kitteln, die wohl die Kleidung der Diener hier waren. Auf der Brust hatte jeder groß den Adler, das Wappen des Herzogs, gelb aufgestickt.

Die Kinder erstarrten. Auch der Mann in dem blauen Gewand schien äußerst verwundert und musterte sie mit hochgezogenen Augenbrauen. In Johns Kopf arbeitete es wild. Wie sollten sie sich aus dieser kniffligen Situation herauswinden? War dieser Mann womöglich der Magier, dieser Almeric, höchstpersönlich? Nein. Mardian hatte ihnen gesagt, daß er genau seine Gestalt angenommen hätte. Dieser Unbekannte besaß jedoch überhaupt keine Ähnlichkeit mit ihrem Werwolf. Herzog Otho konnte es auch nicht sein, denn der war schließlich gelähmt. John hielt den Mann dann auch eher für den Tafelmeister auf dem Weg zum Keller, um das Bier für das Essen zu besorgen. Bei dem Gedanken schmunzelte John, und der Hunger machte ihn richtig mutig. Er ergriff Margarets Hand, sah den Mann kurz schuldbewußt an, wie ein Junge, den man bei einer Missetat ertappt hat, und drückte sich an ihm vorbei.

Dieser Blick hatte Erfolg. Der Tafelmeister – er war es tatsächlich – reagierte sofort.

»Du Lauselümmel! Was tust du denn hier?« fragte er streng. »Warum bist du nicht bei den anderen in der Halle? Es gibt doch, in Gottes Namen, genug Arbeit für alle da! Die Herrschaften sind von der Jagd zurück und hungrig. Also, marsch an die Arbeit, du fauler Strick! Warst wohl im Keller naschen? Und sich während der Arbeit mit Mädchen herumdrücken!«

»Es tut mir leid, Herr. Ich war gerade auf dem Weg. Äh ... hat ... hat die Jagdgesellschaft Erfolg gehabt?«

»Du meinst den großen Wolf?« Der Mann lachte dröhnend. »Nein. Keine Spur von ihm heute. Ein harter Brocken. Er streift noch immer blutrünstig durch die Wälder, und er wird dich, du junger Gockel, bald fressen, wie er es mit allen unartigen Kindern der Gegend macht. Wer ist eigentlich das Mädchen an deiner Hand?«

»Ich bitte um Entschuldigung, aber das ist meine Schwester.«

In diesem Augenblick wehte eine füllige Dame in Schwarz in den Raum, mit einem hörnerartigen Kopfputz, der sie wie eine Kuh aussehen ließ, und schrie entrüstet: »Dieses schamlose Stück! Diese kleine Schlampe! Nun, meine junge Dame, was treiben Sie denn ausgerechnet hier?«
»Es war wegen des kleinen Hundes, edle Dame.« Margaret brachte die Ausrede so sicher vor, daß sie selber ganz erstaunt war.
»Welcher kleine Hund?«
»Verzeihen Sie, edle Dame, aber ich weiß es auch nicht. Ich sah ihn dort entlangrennen«, Margaret zeigte in den Gang hinaus, »und da ich dachte, es sei eines der Hündchen meines Herrn, bin ich hinterhergelaufen, um ihn einzufangen...«
»Und ich bin meiner Schwester nachgeeilt, um sie zurückzuholen«, vollendete John geschickt.
Der Tafelmeister warf ihm einen prüfenden Blick zu und nickte dann. »Hier oben gibt es nichts zu stehlen! Aber wehe dir, du warst im Keller und hast dort etwas stibitzt! Finde ich nur ein Gefäß nicht an Ort und Stelle, beziehst du eine Tracht Prügel mit dem Riemen! Von mir höchstpersönlich, das verspreche ich dir. Wie heißt du?«
»Hans, Herr. Frau Grisel ist meine Großmutter.«
Ein Aufschrei kam von der Dame in Schwarz. Sie zog Margaret am Arm zu sich heran und gab ihr einen leichten Klaps auf die Hand. »Dann solltest du dich um so mehr schämen, dich so unziemlich zu entfernen! Was würde die arme Frau Grisel nur dazu sagen, wenn sie das wüßte! Es würde sie noch mehr verwirren, wo ihr Geist schon so schrecklich durcheinander ist. Wir müssen dankbar sein, daß sie all die Schamlosigkeiten der jungen Leute, noch dazu ihrer Anverwandten, nicht bei klarem Verstand erlebt! Aber nun geschwind in die Kinderstube!«
Ehe die Kinder es sich versahen, wurden sie getrennt, und die schwarze Gestalt mit der Hörnerhaube verschwand, Margaret im Schlepptau, durch die nächste Tür.
»Beeil dich, daß du in die Halle kommst!« Der Tafelmeister hob

drohend die Faust, als wolle er John damit antreiben. John duckte sich und rannte fort.

Es war nicht schwer für ihn, dem Lärm und dem Geruch nach den Weg zur Halle und den Küchen zu finden. An der Tür zur Halle blieb John verblüfft stehen.

Vor ihm lag ein riesiger Saal mit hohen Bogenfenstern, deren dicke, bleigefaßte Glasscheiben in der Morgensonne schimmerten. Das Licht fiel in schrägen Strahlen auf den Boden, der mit Sägemehl bestreut war. An den Längsseiten der Halle standen lange, gescheuerte Tische. Die Leute – seltsamerweise nur Männer – saßen auf Bänken um sie herum und aßen mit den Fingern von hölzernen Tellern und Brettern. Zwischen ihren Beinen drängten sich Hunde und bettelten. An der entfernteren Schmalseite der Halle war eine Art Podest errichtet. Hier saßen an einer weiß gedeckten Tafel offensichtlich die edleren Leute des Hofes. Sie waren besser gekleidet, und sie aßen von silbernem Geschirr. An der Mitte des Tisches stand ein Sessel mit einer hohen, fein mit Schnitzwerk verzierten Lehne, der wie ein Thron aussah. Der Mann, der darin saß, mußte der Herzog sein. Für ihn war alles aus Gold gedeckt. John bemerkte einen wunderschönen goldenen Tafelaufsatz in Schiffsform, und seltsamerweise wußte er, daß er die Gewürze für die Speisen des Herzogs enthielt. Daneben gab es noch ein goldenes Salznäpfchen, das ein kleines Wunderwerk der Schmiedekunst war. Über dem Thron war ein Baldachin aus scharlachroter Seide gespannt, der von einem riesigen, geschnitzten, goldenen Adler mit Krone getragen wurde.

Der Herzog war in düsteres Blau gekleidet. Auf dem Kopf hatte er eine dunkelblaue Samtkappe, um die ein dunkelroter Schal geschlungen war, dessen eines Ende ihm über die Schulter herunterhing. Eine goldene Spange mit einem funkelnden, roten Stein zierte den Kopfputz. Eine weitere glitzerte auf seiner Schulter, und an beiden Händen trug er edelsteinbesetzte Ringe. Er hatte die Ellbogen aufgestützt und drehte einen goldenen Becher gedankenverloren hin und her und sah dabei so furchtbar traurig und verloren aus.

Und da, neben ihm, zu des Herzogs Linker, saß in einem Sessel, dessen Lehne fast ebenso hoch war, der falsche Mardian!
John stockte der Atem. Obwohl der Wolf ihn darauf vorbereitet hatte, war es für ihn ein Schock. Mardian leibhaftig dort sitzen zu sehen. Er brauchte eine Weile, um sich klarzumachen, daß der Mann dort niemand anders als der machthungrige, gewissenlose Ritter Almeric war. Er glich dem Wolf aufs Haar: das schmale, edle Gesicht, die bernsteinfarbenen Augen, die leicht gebogene Nase, die schlanken, schönen Hände... Und jetzt neigte er sich mit einer John vertrauten Geste dem Herzog zu. Der stellte seinen Becher ab, und da blinkte auf einmal das goldene Amulett auf seiner Brust, das vorher verdeckt gewesen war.
Unbewußt glitt Johns Hand zu der Tasche an seinem Gürtel und suchte nach Mardians Medaillon. Herzog Otho trug also wieder das Unterpfand der Treue. Er hatte den Glauben an die alte Freundschaft noch nicht aufgegeben. Es bestand die berechtigte Hoffnung, mit Hilfe von Othos Vertrauen und der Kraft der Amulette den bösen Bann zu brechen!
Der unheimliche Magier sagte jetzt lächelnd etwas zum Herzog. Der nickte, lächelte zurück, aber die Trauer wich nicht aus seinem Gesicht. Er warf einen Blick auf den Sessel zu seiner Rechten, der leer geblieben war. Hier mußte Crispin seinen Platz haben, der sich wegen der Jagd verspätet hatte. Ohne Zweifel wartete Almeric begierig auf Nachricht, ob der Wolf diesmal gefaßt worden war. Der Herzog widmete sich wieder seinem Spiel mit dem Becher. Johns Finger schlossen sich um das Amulett. Warte nur, Almeric! Wenn der Herzog wüßte...
Ein Stoß in den Rücken riß John aus seinen Gedanken. Ein Diener eilte mit einer Platte voll dampfendem Fleisch an ihm vorbei und schrie ihm zu: »Verdammter Nichtsnutz! Steh hier nicht im Weg! Reih dich hinten beim Bedienen ein!«
Als John sich umdrehte, sah er, wie die ersten Pagen, ähnlich wie er gekleidet, mit Schüsseln, Brettern und Näpfen voller Speisen heraneilten. Er zwängte sich an ihnen vorbei zu den Küchen.
Dort herrschte ein großes Gedränge. Die Decke war rauchge-

schwärzt. An den riesigen Feuerstellen hantierten schwitzende Köche. Dazwischen hockten Jungen und bearbeiteten Blasebälge, um die Glut immer wieder anzufachen. Auf langen Tischen in der Mitte standen Speisen bereit, die in die Halle getragen werden mußten. Wildschweinkeulen, Hirschrücken, Fasanen, Pasteten ... John gingen die Augen über. Doch im nächsten Augenblick brüllte ihn jemand an und drückte ihm eine heiße Zinnplatte in die Hände.

Die folgende Stunde verging wie im Flug. John kam überhaupt nicht dazu, Angst zu haben. Die Leute hatten einen Bärenhunger und verschlangen ein Gericht nach dem anderen. Immer waren die Becher leer und mußten mit Wein oder Bier gefüllt werden, oder es türmte sich das Geschirr in den Küchenräumen und war zu säubern.

John begann das Ganze allmählich Spaß zu machen. Er wurde von Minute zu Minute geschickter. Nachdem er anfangs beinahe bäuchlings in die schmutzigen Späne gefallen wäre, weil ihm ein Hund zwischen die Füße gelaufen war, lernte er es, sich seinen Weg zwischen den gefräßigen Vierbeinern hindurch zu bahnen und den Rempeleien der anderen eiligen Pagen zu entgehen. Bald hatte er auch begriffen, wie man am besten den vielen Knochen und den anderen Abfällen, die von den Tafelnden kurzerhand über die Schulter geworfen wurden, auswich. Er stahl sich, genau, wie die anderen Jungen, einige der besten Stücke von den Platten und verschlang sie hastig in den kurzen Pausen in der Küche. Das Essen war ausgezeichnet. Es war zwar recht scharf und ausgefallen gewürzt, aber John fand den fremden Geschmack angenehm.

Wirklich Kummer bereitete ihm nur die Schwierigkeit, an den Herzog heranzukommen. Es schien fast unmöglich. Denn der Tisch der vornehmen Leute wurde ausschließlich von Dienern und Pagen bedient, die in schwarzen Samt mit silbernen Verzierungen gekleidet waren und nur kniend servierten. Der Herzog hatte obendrein noch einen eigenen Pagen, dem eine große goldene Krone auf die Brust seines Wamses gestickt war. Es war ein schmaler Junge, ungefähr in Johns Alter. Er reichte dem Herzog die Speisen, goß ihm den Wein ein und hielt ihm zwischendurch, ebenfalls kniend, eine Schüssel mit dampfendem Wasser hin, damit sich sein Herr immer wieder Hände und Gesicht waschen konnte. Anschließend trocknete sich Otho mit einem großen, weißen Tuch ab. Niemand sonst durfte anscheinend den Herzog bedienen.

Hinter dem Podest mit der herzoglichen Tafel stand Othos Leibwache, ein Dutzend bewaffneter Männer in Kettenhemden, deren Hellebarden im Sonnenlicht glänzten. Zweifellos hatte Almeric bei der Wahl von Othos Dienern seine Hand im Spiel. Er bestimmte, wer in die Nähe des Herzogs durfte, damit niemand etwas gegen sein infames Spiel unternehmen konnte.

Otho achtete nicht groß darauf, was um ihn herum geschah. Er aß nur wenig, sprach selten und dann auch nur mit dem skrupellosen Zauberer.

Almeric dagegen hatte alles im Auge. Gleich, ob er dem Herzog etwas erzählte oder ob er aß, immer schweifte sein Blick durch die Halle. Ihm schien nichts zu entgehen. John hatte Mühe, den falschen Mardian nicht ständig anzustarren. Er mußte sich in acht nehmen, nur nicht aufzufallen.

So eilte John weiter hin und her, schleppte und räumte, schenkte ein, verspeiste heimlich Leckerbissen und zerbrach sich den Kopf, wie er es nur anstellen könnte, dem Herzog allein zu begegnen.

XI

Ein heimlicher Lauscher

Unterdessen mußte Margaret erfahren, daß es in anderen Jahrhunderten gar nicht selbstverständlich war, sich als Mädchen frei zu bewegen und eigene Wünsche zu haben.

Die Dame in Schwarz zerrte sie über Treppen und Gänge zu dem Frauentrakt und schimpfte dabei die ganze Zeit wütend auf sie ein. In den sogenannten »Kinderstuben« angekommen, versetzte sie Margaret einige Klapse und hielt ihr eine riesige Standpauke. Es mußte etwas sehr Ungehöriges sein, in der Nähe der Küche mit einem Jungen angetroffen zu werden, selbst wenn es der eigene Bruder war. Margaret erfuhr, daß sie sich nicht von den anderen Mädchen zu entfernen habe und mit einem Jungen oder Mann »nur mit gesenktem Blick und artig gefalteten Händen« sprechen dürfe.

Wie sollte sie hier etwas gegen den Zauberbann unternehmen, wenn sie nur züchtig und mit geradem Rücken unter den strengen Blicken irgendwelcher kuhartiger Damen herumsitzen durfte?

Schweigend und mit steinerner Miene ließ Margaret die Strafpredigt über sich ergehen und versuchte, sich an den Weg hierher zu erinnern, der ihr fast wie ein Irrgarten erschienen war. Dann packte sie die Dame in Schwarz wieder am Arm und schob sie in einen Raum, in dem es nur so von Kindern, Ammen und Mädchen wimmelte.

»So, hier bleibt Ihr jetzt, mein Fräulein, und benehmt Euch anständig, sonst setzt es was mit der Peitsche! Dieser Herumstreunerei muß frühzeitig ein Riegel vorgeschoben werden!«

Margaret bemühte sich, es anderen gleichzutun, um nicht aufzufallen. Die Burg war so etwas wie eine kleine Stadt, in der es von

Menschen brodelte und keiner den anderen so richtig kannte. Die vielen gleichaltrigen Mädchen waren ein guter Schutz.
Als eine der Betreuerinnen sie fragte, wer sie sei, erzählte sie die Geschichte von ihrer Großmutter, der Edelfrau Grisel, genau, wie es ihr der Wolf aufgetragen hatte. Die Frau nickte daraufhin nur, warf ihr einen mitleidigen Blick zu und forderte sie auf, sich an den Tisch zu setzen und etwas zu essen. Anschließend könne sie mit den anderen im Garten Ball spielen.
Das Spiel war eine Art »Treffball«, und der Garten ein Rasenviereck, das von Blumenbeeten eingerahmt wurde. Die der Burg abgewandte Seite wurde von einer zinnenbewehrten Mauer begrenzt, die nicht sehr hoch war. Unterhalb davon schloß sich der nächste Garten an, der wiederum von einer Mauer eingefaßt wurde, die dann steil bis zum Burggraben abfiel. Es gab keinen Weg, aus diesem Terrassengarten fortzukommen, schon gar nicht für Mädchen. Die Sonne schien warm, und von den Blumenbeeten wehte der Geruch von Rosen, Jasmin, Nelken und anderen stark duftenden Pflanzen herüber. Einige Damen wandelten über die schmalen gepflegten Wege, andere saßen auf steinernen Bänken bei der Mauer im Schatten von Sträuchern und nähten und schwatzten. Kleine Kinder in Faltenröcken spielten artig zu ihren Füßen. Die Kleider der Damen aus kostbaren Stoffen leuchteten in prächtigen Farben. Samt schimmerte in den verschiedensten Rottönen, himmelblaue und grüne Seide glänzte im Licht, und wunderschöne Stickereien zierten Säume und Ärmel. Von den hohen Kopfputzen wehten weiße Schleier. Das Haar trugen die Frauen streng aus der Stirn gekämmt unter den Kopfputzen verborgen. Es war alles sehr hübsch anzusehen, aber im Grunde langweilte es Margaret. Sie sah ihre Hoffnungen schwinden, dem Wolf rasch helfen zu können. Wie sollte sie, eingesperrt in den Frauentrakt, jemals etwas Vernünftiges unternehmen? So leicht es gewesen war, Teil des Lebens am Hof zu werden, so schwer schien es jetzt, ihre Pläne in die Tat umzusetzen. Wenn sie nun hier die ganze Zeit mit den Frauen und Mädchen verbringen mußte... Margaret war höchst unzufrieden mit ihrem Los.

Sie weilte mit ihren Gedanken bei John, als ihr der Ball entglitt und über die Brustwehr flog. Die anderen schrien auf. Wütend auf sich selbst, weil sie so viel Aufmerksamkeit auf sich gezogen hatte, lief sie zu der Mauer und spähte hinunter. Der Ball war auf dem Rasenstück des unteren Gartens gelandet, hüpfte noch einmal auf und rollte dann zur Mauer hin.
Weit lehnte sich Margaret über die Brüstung und sah einen Jungen von etwa vierzehn Jahren dort unten auf einem Stein sitzen, die Füße gegen die Mauer gestemmt. Als der Ball direkt vor seine Füße kullerte, hielt er ihn auf und drehte sich um.
»Hier!« rief Margaret.
Der Junge blickte nach oben, lächelte und warf ihr den Ball zu. Sie fing ihn geschickt auf und schleuderte ihn mit aller Kraft zum anderen Ende des Gartens, wo die Mädchen gleich hinterherstürmten. Einen Moment lang achtete weiter keiner auf sie, und so raffte sie rasch ihre Röcke und versteckte sich hinter einem dichten Myrtenstrauch. Vorsichtig schob sie den Kopf zwischen den Zinnen vor, bis sie wieder nach unten zu dem Jungen schauen konnte.
Jetzt fand Margaret ihr Leben schon viel spannender. Denn der Junge, der ihr den Ball zurückgegeben hatte, konnte niemand anders als Prinz Crispin sein!
»Züchtig und bescheiden«, fiel Margaret ein. Und sie setzte sich doch lieber auf den Stein, und legte die Hände gefaltet in den Schoß. Ich bin eben so bescheiden und artig, daß mir die Ballspiele auf dem Rasen mißfallen, dachte sie. Trifft mich jemand hier an, senke ich den Blick zu Boden, und niemand ahnt, daß ich eben noch den Prinzen bespitzelt habe...
Ja, sie war sich sicher: das war der Junge, der am Vormittag auf dem Schimmel gesessen hatte! Er hatte sich jetzt umgedreht und schien über etwas zu grübeln. Margaret konnte, wenn sie sich reckte, deutlich sein Gesicht sehen. Es wirkte kränklich und betrübt.
Da näherten sich auch schon Schritte. Der Junge blickte auf, und sein Gesicht spannte sich. Jemand eilte auf ihn zu. Margaret fuhr

erschrocken zusammen. Mardian? Nein, Almeric, der Zauberer! Aber er glich dem echten Mardian so verblüffend, daß sie es einen Augenblick lang nicht fassen konnte. Dieser Mann mit dem langen, dunklen Haar, den edlen Zügen und den feinen Händen sollte nur ein durch Magie geschaffenes Abbild ihres Freundes im Wald sein? Almeric sah plötzlich nach oben, als spüre er, daß er beobachtet wurde. Margaret wich ängstlich zurück. Ja, Almerics Augen besaßen tatsächlich auch die bernsteinfarbene Tönung der Wolfsaugen.

Der gewissenlose Zauberer sprach mit dem Jungen. Und zu Margarets Verwirrung klang die Stimme so freundlich und tief wie die von Mardian-Wolf. Ihr Herz schlug heftig. Vielleicht konnte sie einiges von der Unterhaltung erhaschen. Sie kauerte sich noch tiefer in den Schatten des Myrtenstrauchs, neigte den Kopf und lauschte.

Die ersten Worte verstand sie nicht. Dann hörte sie den Jungen sagen: »... nicht hungrig«, und es klang sehr traurig, sehr bedrückt.

»Was soll das, junger Herr?« kam es von Mardian. »Sollen die Leute denken, daß auch du krank bist?«

»Was geht mich das an, was sie denken«, entgegnete Crispin finster. »Es macht mich krank, in die Halle zum Essen zu gehen. Mein Vater scheint es nicht zu merken, aber ich sehe sie, wie sie alle immer wieder verstohlen zu ihm hinüberblicken, als fragten sie sich, ob er meinen Geburtstag noch erleben würde.« Die Stimme des Prinzen wurde heftiger. »Mardian, was sind das für Gerüchte? Gut, mein Vater ist gelähmt, er hat öfter starke Schmerzen. Aber er ist sonst nicht krank und weit davon entfernt, zu sterben. Wie kommt es, daß Männer wie Brand und Osric ständig um mich herumscharwenzeln? Was sprechen sie, wenn sie in den Ecken stehen und flüstern?«

»Sie machen sich natürlich Gedanken über den Herzog, deinen Vater.« Almeric legte eine kurze Pause ein, als sei er unsicher geworden. Dann fuhr er mit fester Stimme fort: »Dein Geburtstag ist nicht mehr fern, und du solltest darauf vorbereitet sein, ab diesem Tag die Regierungsgeschäfte neben deinem Vater... oder womöglich allein, zu übernehmen. Du mußt die Wahrheit ertragen lernen.«

»Welche Wahrheit?«

»Daß Herzog Otho tatsächlich schwer krank ist und daß er, wenn sich nicht noch ein Heilmittel finden läßt, bald sterben muß! Du wirst vielleicht früher Herzog werden, als du es dir hast träumen lassen.«

Nach einer Zeit betretenen Schweigens hörte Margaret den Prinzen sagen: »Ich glaube das nicht! Mardian, Ihr irrt Euch. Die Ärzte...«

»Die Ärzte haben alles, was in ihrer Macht steht, unternommen.«

»Ich weiß. Meinst du denn, ich habe nicht mit ihnen geredet? Sie wiegen sich bedächtig hin und her, fahren sich durch die Bärte und stammeln weise Worte. Aber ich habe das Gefühl, sie wissen überhaupt nicht Bescheid, was meinem Vater wirklich fehlt. Was kann das für eine Krankheit sein, der erfahrene Ärzte machtlos ausgeliefert sind? Sie sprechen von Melancholie... Unsinn, Melancholie ist keine Krankheit. Schon gar nicht eine, an der man stirbt! Und woher soll die denn kommen? Nur vom Tod meiner Mutter? Alle Trauer ist einmal zu Ende, und es ist jetzt zwei Jahre her, daß sie zu Grabe getragen wurde. Warum gelingt es ihm nicht, seinen Schmerz über diesen Verlust zu überwinden und sich dem Leben wieder zuzuwenden? Als ich ihn einmal fragte, hat er mir erklärt, daß dies nicht der Grund für sein Leiden wäre. Er fühle sich wie ein Mann, der ständig betäubende Drogen zu sich nehme. Manchmal komme er sich wie ein Ertrinkender vor, der weiß, daß er nicht mehr die Kraft hat, das rettende Ufer zu erreichen. Etwas Fremdes, Unerklärliches ziehe ihn unweigerlich in die Tiefe.« Crispin seufzte. »Mardian, ich möchte Euch etwas fragen?«

»Ja?«

»Ihr habt doch nicht – ich meine, der Herzog und Ihr, Ihr habt Euch doch versöhnt?«

»Versöhnt? Wann haben wir denn richtig Streit miteinander gehabt?« Mardian tat erstaunt.

»Der Herzog hat sehr hart mit Euch gesprochen! Ihr wißt das ganz genau!«

»Das ist wahr. Aber weißt Du denn nicht, daß dies meine Liebe zu ihm gar nicht erschüttern kann?«

O du gemeiner Lügner! dachte Margaret.

Irgend etwas in der Stimme des bösen Zauberers mußte Crispin unecht vorgekommen sein, und er hatte das wohl durch sein Gesicht zum Ausdruck gebracht. Jedenfalls fügte Almeric plötzlich in scharfem Ton hinzu: »Warum stellst du mir diese Frage? Hat der Herzog etwas zu dir gesagt? Bin ich für ihn nicht mehr derselbe?«

Crispin entgegnete eine Weile nichts. »Doch, doch. Natürlich!« sagte er dann schwach.

»Dieses dumme Geschwätz über Drogen...« Die Stimme des Magiers klang gepreßt. »Wie sollte das denn geschehen? Der Herzog ißt mit den anderen Edelleuten und jede Speise und jedes Getränk wird ihm von seinen persönlichen Pagen Justin und Damian serviert, die zuvor alles gekostet haben. Sie sind absolut vertrauenswürdig. Das mit den Drogen ist also Unsinn!«

»Das kann schon sein«, entgegnete Crispin tonlos. »Das sagte auch der Leibarzt des Herzogs, mit dem ich heute morgen gesprochen habe.«

»Du hast dich mit ihm unterhalten? Mein lieber Junge, solche Angelegenheiten solltest du besser mir überlassen... dem engsten Vertrauten und Ratgeber von Otho. Was hat er dir denn gesagt?«

»Er konnte mir auch nicht weiterhelfen. Er meinte nur, es sähe so aus, als stünde der Herzog unter einem Zauber oder Bann.«

Almeric lachte laut. »Was für ein Unsinn. Er wollte dich an der Nase herumführen.«

»Ich bin mir da nicht so sicher!« widersprach Crispin. »Er sagte, es gäbe keinen wirklichen Grund für diese Krankheit. Es sei seltsam, so, als raube ihm ein Zauber jeglichen Willen, etwas zu unternehmen, ja, überhaupt noch zu leben. Gut, Vater ist vor Jahren bös vom Pferd gestürzt und konnte nicht mehr laufen. Aber der Arzt meint, daß er normalerweise längst wieder seine Beine bewegen und sogar wieder reiten können müßte. Doch irgend etwas Geheimnisvolles raubt ihm die Lebenskraft. Ihr wißt es doch selbst, Mardian, wie Ihr ihn anfangs noch ermutigt habt. Seit einem Jahr hilft nun überhaupt kein Zuspruch mehr. Mein Vater, ein gesunder Mann, siecht langsam dahin. Das sieht doch wie böser Zauber aus, Mardian?«

Wieder folgte eine längere Pause. Dann hörte Margaret erneut Almeric: »Du hast Recht, Crispin. Es war falsch von mir, dir die Wahrheit vorzuenthalten. Diese ›Melancholie‹ deines Vaters... Du sagtest, sie sei keine Krankheit. Aber da bist du im Irrtum. Sie ist das schreckliche Leiden, das ihm den Lebenswillen nimmt. Und es gibt auch einen Namen dafür! Man nennt es auch die ›Wolfskrankheit‹. Hast du noch nicht davon gehört? Was denkst du denn, weshalb wir jeden Tag in der Morgendämmerung aufbrechen und Jagd auf das grausame Biest machen, das den Bauern das Vieh aufreißt und die Krankheit überall verbreitet?«

»Ich dachte, ihr jagt aus Vergnügen?«

»Das auch. Aber das ist nicht der eigentliche Grund. Ich versichere dir, Crispin, haben wir erst einmal den großen Wolf gepackt und getötet, schleicht sich das feige Wolfsgesindel aus der Gegend, und die Krankheit verschwindet.«

»Ihr meint, meinem Vater wird es dann besser gehen?«

»Wer weiß? Die Ärzte sagen, es sei etwas Merkwürdiges mit ihm geschehen. Alle gelehrten Männer wissen von dieser Wolfskrankheit. Es ist bekannt, daß sich böse Menschen in Wölfe verwandeln können und dann Unheil und Zerstörung bringen.«

»Wie Almeric«, entgegnete der Prinz.

Margaret zuckte zusammen.

»Wie *wer*?« fragte Mardian scharf.

»Almeric muß so etwas getan haben! Erinnert Ihr Euch nicht mehr an ihn? Diese zwielichtige Gestalt ist vor etwa einem Jahr bei Nacht und Nebel vom Hof verschwunden. Mein Vater mißtraute ihm – und Ihr ja auch. Ich habe Euch jedenfalls so etwas sagen hören.«

»Ja, natürlich!«

»Und seit er wie vom Erdboden verschluckt ist, streift dieser große, graue Wolf durch die Wälder. Vielleicht hat er sich tatsächlich in...«

»Crispin, sprich nicht so einen Unsinn. Das ist Ammengeschwätz. Darüber bist du hinaus!« fuhr ihn Mardian an.

»Ich glaube, Ihr vergeßt Euch!« mahnte Crispin, und seine Stimme klang abweisend, fast feindlich.

Er scheint also diesem Mardian gar nicht so gut gesonnen, dachte Margaret erfreut.

Eine Weile blieb es still, dann entgegnete der gewissenlose Magier unterwürfig: »Vergebt mir, mein Prinz. Ich bin über das Ziel hinausgeschossen. Aber all dieses Gerede über Zauberei...«

»Ihr habt doch selbst darüber gesprochen! Ihr wart es doch, der von Menschen erzählte, die sich in Wölfe verwandeln können. Ich habe nur gesagt, was ich um mich herum manchmal hörte. Osric berichtete, daß Almeric früher des öfteren Bemerkungen über die Möglichkeiten der Schwarzen Magie gemacht hat. Er fragt sich sogar, ob der große Wolf nicht vielleicht Almeric sei.«

Na, das wird dir hoffentlich zu schaffen machen, dachte Margaret und wartete gespannt, was nun kommen würde.

Unten rührte sich erst einmal nichts. Almeric hatte offenbar Schwierigkeiten, den Prinzen auf ein anderes Thema zu bringen, und zog es vor zu schweigen.

Dann sagte Crispin: »Ich glaube, Ihr habt recht, Mardian. Das ist dummes Zeug. Aber was den großen Wolf betrifft, habe ich Euch einen Vorschlag zu machen. Mein Vater hat mich gefragt, wie ich meinen Geburtstag feiern möchte. Warum sollte ich ihm nicht sagen, ich wünschte mir eine große herzogliche Jagd? Eine Wolfsjagd, die den ganzen Tag über dauert? Und vielleicht kann ich ihn auch dazu überreden, in einer Sänfte ein Stück mitzukommen, um uns zuzusehen...«

»Nein!«

»Warum nicht?« Crispin klang verwundert. »Ich dachte, wir sollten alles unternehmen, damit Vater es endlich einmal wagt, vor die Burg zu kommen? Dann gewinnt er womöglich den Mut, es öfter zu versuchen, und seine Melancholie läßt allmählich nach. Und falls er selbst davon überzeugt sein sollte, daß die Ursache seiner Krankheit ein böser Zauber ist, dann hilft es ihm vielleicht, den großen gefährlichen Wolf von unseren Spießen durchbohrt zu sehen...«

Crispins Stimme wurde immer leiser und unsicherer. Margaret hätte eine Menge darum gegeben, einen Blick auf das Gesicht des machthungrigen Ritters werfen zu können. Doch er kehrte ihr den Rücken zu.

Nach einer Weile erklang seine beruhigende Antwort. Liebenswürdig und einschmeichelnd, als hätte er wieder alle Fäden in der Hand. »Natürlich hast du recht, Crispin. Meine Liebe zu deinem Vater und meine Angst um ihn ließen mein Temperament aufwallen. Sprechen wir zu einem späteren Zeitpunkt noch einmal darüber. Außerdem bitte ich dich: Kein Wort von unserer Unterredung zu den anderen! Es muß unser Geheimnis bleiben. Und selbstverständlich unternehmen wir alles, was deinen Vater aus seinem schrecklichen Zustand reißen könnte. Das Beste, was du im Augenblick tun kannst, ist, dich in die herzoglichen Aufgaben einzuarbeiten, damit du deinen Vater jederzeit vertreten kannst. Auch ich muß all meine Betrübnis beiseite schieben und an die Zukunft denken, um dich als treuer Freund zu unterstützen, wie ich es immer mit deinem Vater getan habe. Ich bitte dich, nimm meine Freundschaft an, und vergiß deine Zweifel, die du zu meinem großen Kummer in letzter Zeit immer wieder gegen mich hegst!«

»Ein Mann, der Freundschaft ausschlägt, ist ein Narr.« Crispin sagte das verbittert. »Aber ein Prinz, der jedem ohne Prüfung vertraut, ist ebenfalls ein Narr. Wollt Ihr mir nicht einen Beweis Eurer Liebe und Aufrichtigkeit geben, Mardian?«

»Was kann ich noch geben? Ein weiteres Amulett, so wie ich eines einst deinem Vater gab?« fragte er listig.

Oh, dieser durchtriebene Schuft, dachte Margaret und ballte die Fäuste. Crispin war aufgestanden, und die beiden gingen quer über den Rasen in Richtung Burg. Ihre Stimmen wurden schwächer.
»Auf so etwas würde ich nicht bauen. Nein, ich will kein Amulett von Euch, dafür aber Euren Eid.«
»Den bekommst du sowieso in Kürze an deinem Geburtstag. Aber ich gebe dir auch jeden anderen Schwur. Nur, laß es uns bitte im geheimen tun. Sollte es dem Herzog zu Ohren kommen, könnte er denken, wir wären voreilig...«
Margaret konnte jetzt nichts mehr verstehen. Dafür näherten sich Schritte und das Geräusch von über dem Boden schleifenden Röken. Das mußte die Dame in Schwarz sein, die herangerauscht kam!
Margaret setzte sich artig und kerzengerade hin, legte die Hände züchtig in den Schoß und sah, den Blick zu Boden gesenkt, den Dingen mit klopfendem Herzen entgegen.
Die Schritte stockten genau vor ihr. Margaret blickte auf einen grasgrünen Rock aus Seide! Das konnte nicht die Kuh sein! Die langen, weiten Ärmel waren mit Pelz besetzt. Margaret hob vorsichtig die Augen und erkannte die Dame in Grün, die bei der Jagd mitgeritten war.

XII

Die Dame in Grün

Die Dame war schön, mit grünen Augen und schwarzem Haar, in das goldene Bänder geflochten waren. Die grünen Augen musterten Margaret scharf, und die Stimme klang schneidend. »Was tust du hier? Warum bist du nicht bei den anderen?«
Margaret merkte auf einmal, daß es ganz still im Garten war und die Mädchen nach drinnen gegangen sein mußten.
»Wir haben Ball gespielt, und es ist mir zu heiß geworden. Ich wollte mich nur ein wenig ausruhen und muß wohl die Zeit vergessen haben. Ich laufe gleich zurück!« Margaret sprang auf.
Doch die Dame in Grün hielt sie fest. »Einen Moment!« Sie hob mit drei Fingern Margarets Kinn hoch. »Wer bist du, Mädchen?«
»Frau Grisel, die Tante des Herzogs, ist meine Großmutter«, entgegnete Margaret. Sie wußte nicht, wie sie sich aus dieser gefährlichen Situation retten sollte. Die spitzen Nägel krallten sich wie Klauen in ihre Haut. An so vieles hatten sie gedacht, aber nicht daran, daß sie jemand von der Jagdgesellschaft wiedererkennen könnte!
Die grünen Augen verengten sich zu Schlitzen. »Ich habe dich schon irgendwo gesehen! Kannst du mir das erklären?« Sie verstärkte ihren schmerzenden Griff.
»Ja, warum nicht...«, stammelte Margaret. »Mit den anderen Kindern... Ihr habt Euch vielleicht gerade mein Gesicht eingeprägt... Wir sind Euch oft begegnet und haben viel über Euch gesprochen...«
»Was habt ihr? Über mich geredet?« Die grünen Augen funkelten giftig.
Margaret sah die Dame unschuldsvoll an. »Ja, weil wir Euch so

wunderschön finden. Und Eure Kleider... Eure Umhänge... Ihr seid die schönste Frau in der Burg.«

Die Klauen zogen sich zurück, und die Dame in Grün lächelte huldvoll. »Nun, kleine Maid, das hast du hübsch gesagt.« Doch sie wandte den Blick noch immer nicht von Margaret ab. »Ich könnte schwören... Das merkwürdigste ist, daß ich meine, dich außerhalb der Burg gesehen zu haben?«

»Das ist unmöglich.«

»Und du sagst, Grisel ist deine Großmutter? Wie heißt du?«

»Greta!«

»Und wer ist deine Mutter?«

Margaret senkte den Kopf und hauchte: »Oh, werte Frau, meine Mutter weilt nicht mehr unter uns. Sie ist gestorben.« Sie überlegte, ob sie einfach rasch den Namen ihrer Mutter sagen sollte. Isabel – das paßte ganz gut. Wenn der grüne Drachen dann wirklich zu dieser alten Grisel laufen und sie fragen sollte, war das ungefährlich, denn man würde von diesem verwirrten Geist doch keine richtige Antwort erwarten.

Doch ehe sie sich entschlossen hatte, kam schon die Rettung für sie. Eine junge Frau in Scharlachrot wehte heran und rief: »Edelweiß!« Die Dame in Grün drehte sich um und winkte. »Ich komme!« Sie warf Margaret noch einmal einen Blick zu und mahnte: »Geh brav zu den anderen, mein Mädchen.«

Sie trippelte davon und verschwand in dem Schatten eines Bogenganges.

Margaret stand eine Weile reglos da, die Hände in ihre Röcke verkrampft. So geschickt sie sich eben auch verhalten hatte, so groß war doch ihre Angst gewesen. Es war bloß eine Frage der Zeit, wann sich die Dame in Grün erinnern würde, wo sie »diese kleine Greta, die nie aus der Burg herausgekommen war«, gesehen hatte. Sie wüßte dann wieder, wie das Mädchen in der Morgendämmerung, zusammen mit einem Jungen, an einem Pfad beim Wald gestanden hatte. Ihr würde auch einfallen, was für eine merkwürdige Kleidung die beiden getragen und wie sie die Münze von dem Jäger angenommen hatten. Und sie hatte bestimmt nicht verges-

sen, daß die Jagdgesellschaft in die falsche Richtung geschickt worden war.
Auch wenn keiner die Wahrheit erfuhr, ihre Lage wurde doch äußerst schwierig. Man konnte sie als Lügnerin überführen, und ihr Aufenthalt außerhalb der Burgmauern hatte bestimmt die schlimmsten Strafen zur Folge. Und wenn sie auch noch John fanden, dann gab es für Mardian-Wolf keine Rettung mehr.
Es blieb ihr also nichts weiter übrig, als sich in das Geheimzimmer zurückzuziehen und auf den Bruder zu warten. Sie mußte sich mit John besprechen!
Der Weg zurück verlief ohne große Probleme. Edelweiß war nirgends mehr zu sehen. Margaret schlich sich unbemerkt in die Kinderstube. Als sie sich in Richtung Gang davonmachen wollte, rief eines der Kindermädchen: »Wo willst du hin, Greta?«
»Ich muß Frau Edelweiß eine Botschaft überbringen!« rief sie lächelnd und eilte nach draußen.
Zum Glück fand sie den Weg durch das Labyrinth der Gänge, und in wenigen Minuten war sie, wie sie dem Lärm der Töpfe und Tiegel und den Gerüchen entnehmen konnte, in der Nähe der Küche angelangt. Auch hier zeigte sich niemand, und Margaret stürmte weiter. Atemlos kam sie im Keller an. Sie blieb stehen und lauschte. Das Licht fiel nur spärlich durch die wenigen lukenartigen Fenster. Die Fackeln waren erloschen. Einige Mäuse – oder waren es Ratten? – huschten zwischen den Kisten und Fässern umher. Doch sonst war nichts zu hören. Sie gab sich einen Ruck und lief an den zahlreichen Verschlägen vorbei, bis sie zu dem mit den zwei riesigen Fässern gelangte. Sie öffnete die Geheimtür und verschwand.

Die Zeit verging unendlich langsam. Die Sonne war inzwischen vom Fenster fortgewandert, und die Farben nahmen die sanften goldenen Töne des Nachmittags an. Margaret langweilte sich schrecklich, und außerdem plagte sie der Hunger. Sie wünschte, sie hätte am Mittagstisch – und das war ja schon morgens gewesen – besser zugegriffen, aber da war sie viel zu aufgeregt gewesen, um

sich satt zu essen. Nun mußte sie mit knurrendem Magen hier sitzen und warten, bis John zurückkehrte. Und das konnte noch ewig dauern, denn er würde beim Abendessen in der Halle helfen müssen. Wer weiß, wie lange sich das hinzog? Außerdem konnte sie gar nicht sicher sein, daß er Essen mitbrachte.
Sie untersuchte den Raum. Der große Schrank in der Ecke ließ sich leider nicht öffnen. Er würde auch kaum Nahrung enthalten. Im Keller war ebenfalls alles sorgsam abgeschlossen. Wie konnte sie nur an etwas zu Essen kommen? Ob sie sich zum Abendbrot nicht doch wieder in die Kinderstube wagen sollte, auch wenn sie dabei riskierte, der Dame in Grün in die Arme zu laufen?
Während sie noch grübelte, knackte etwas an der Geheimtür. Margaret stockte der Atem. Kannte außer John noch jemand diesen Eingang?
John war es wirklich! Und welche Überraschung! Er brachte Unmengen zu essen mit. In ein großes, weißes Tuch geschlungen, hatte er die leckersten Sachen dabei und breitete sie genüßlich auf dem Tisch aus. Dicke, saftige Geflügelschenkel, ein Stück Fleischpastete, helles Brot, Obst und noch andere Sachen, die sie nicht kannte. Alles roch wundervoll, und ihr lief das Wasser im Mund zusammen.
Margaret fiel ihrem Bruder begeistert um den Hals.
»Ich war ja nicht sicher, ob du in den Kinderstuben überhaupt etwas Anständiges zu essen bekommen hattest«, sagte er. »In der Küche liegen Berge von Resten. Es ist zwar alles kalt, aber ich dachte, wir könnten uns hier ein paar Vorräte zusammensammeln. Man weiß ja nie...«
Margaret stürzte sich auf ein Stück Hühnerkeule.
»Du mußt ja am Verhungern sein«, meinte John mitleidig.
»Bin ich auch. Mmh!« Margaret biß eine Ecke von der Pastete ab. »Heute morgen war ich viel zu aufgeregt, um richtig zuzugreifen. Dann wurde mir auf einmal klar, daß ich wohl besser dem Abendbrot fernbleiben sollte. Ich habe schon überlegt, wie ich mir da draußen etwas aus den Kisten stehlen könnte. Aber jetzt hast du mich erlöst.«

»Warum kannst du nicht zum Abendessen oben sein? Was ist passiert?«

»Später! Ich will zuerst hören, was du erlebt hast. Lecker, dieser Truthahn! Muß ein Riesentier gewesen sein. Komm, erzähl! Warum bist du so früh hier? Hat jemand Verdacht geschöpft?«

»Das ist kein Truthahn, das ist Schwan! Und das dort ist gebratener Pfau. Margie, du solltest sehen, wie sie die Dinger in den Küchen zubereiten! Die Federn! Sie sind gerade wieder dabei, das Essen für den Abend fertigzumachen. Warte, bis ich mehr Zeit habe, dir alles zu erzählen. Nur schnell die Neuigkeiten... Keiner hat Verdacht geschöpft. Ich bin nur hergekommen, weil ich nicht bei den Spielen der Jungen im Burghof mitmachen wollte.« Er verzog das Gesicht zu einer Grimasse. »Du müßtest erleben, wie es da zugeht! Die schlagen sich grün und blau! Gebrochene Nasen und verrenkte Glieder sind an der Tagesordnung. Es sind richtige Kampf- und Kriegsspiele. Lanzenfechten, Turnierspiele gegen Holzpfosten, Ringkämpfe... Der Waffenmeister steht dabei und paßt auf, daß sich keiner drückt. Wehe dem, der da schwach auf den Muskeln ist. Ich glaube, ich hätte es nicht lange ausgehalten!«

»Doch, bestimmt. Wenn der Zauber wirklich wirksam ist, wärst du ein herovrragender Kämpfer gewesen. Zu Hause bist du bei diesen...« Margaret versuchte sich zu erinnern, konnte es jedoch nicht mehr. »Ich meine, da hast du auch immer gewonnen.«

»Ich wollte das nicht unbedingt ausprobieren. Ich habe Wichtigeres zu tun, als dem Waffenmeister zu gefallen und die anderen Jungen zu besiegen. Es war auch kein Risiko, mich davonzustehlen. Sei froh, daß ich dir was zu essen gebracht habe! Ich muß sowieso gleich wieder weg. In gut einer Stunde gibt es Abendessen, und ich bin bei Tisch fest eingeteilt. Stell dir vor, alle Jungen, die als Pagen servieren, sind Edelleute! Keine Diener oder Küchenjungen. Sie bringen teilweise ihren Eltern die Speisen und den Wein. Man hat mich gleich als einen von ihnen angesehen. Niemand hat Verdacht geschöpft oder groß gefragt. Einige haben mich Lionel genannt. Vielleicht ist der wirkliche Lionel weggegangen oder sogar schon tot. Ich habe gehört, daß viele sehr jung sterben. Ich muß Ähnlichkeit mit ihm haben. Ich kann mich also als sein Bruder ausgeben. Jedenfalls läuft alles recht gut, und ich hab auch schon den Bogen raus, wie man die heißen Platten durch die Gegend trägt und nicht über Hunde oder Abfälle stolpert...«

John erzählte, während Margaret sich von Bissen zu Bissen besser fühlte.

»Weißt du, Margie, wenn die Ursache unseres Hierseins nicht so grauenhaft wäre, hätte ich eine Menge Spaß an dem Leben auf der Burg. Was mir Kummer macht, ist, daß ich keine Ahnung habe, wie ich in die Nähe des Herzogs kommen kann.«

»Und wenn du in einem günstigen Augenblick einfach zu ihm läufst, vor ihm niederkniest und um Gehör bittest? Manchmal führen so einfache Handlungen am ehesten zum Erfolg.«

»Ist schon möglich. Aber ich finde es ziemlich gewagt. Wenn ich den falschen Zeitpunkt erwische und Almeric ist in der Nähe, lande ich womöglich im Turmverlies, oder es kommt sogar noch schlimmer! Und dann wird Mardian niemals erlöst.«

»Vielleicht fällt Damian oder Justin in den nächsten Tagen aus, und du wirst Page des Herzogs«, sagte Margaret und biß kräftig in eine weißliche Masse, die nach Mandeln und Honig roch und wundervoll schmeckte. »Toll, das muß Marzipan sein.«

»Sie nennen es ›Marzapane‹. Aber es scheint dasselbe zu sein. Wer sind Damian und Justin? Sind das die beiden persönlichen Pagen des Herzogs? Ich habe einen von ihnen heute morgen gesehen, aber ich habe mich nicht getraut, nach seinem Namen zu fragen. Die Leute hätten sich bestimmt gewundert, daß ich ihn nicht kenne. Woher kennst du die Namen? Was hast du überhaupt alles herausgefunden?«

»Nicht sehr viel. Nur, daß der Wolf sich in dem Prinzen wahrscheinlich täuscht. Crispin scheint ganz und gar nicht Almerics ergebener Gefolgsmann zu sein. Ich hatte eher das Gefühl, er mißtraut ihm, aber ich weiß nicht so recht, weshalb. Ich konnte ihn beim Gespräch mit dem falschen Mardian belauschen.«

»Was? Das ist ja enorm! Wie hast du das angestellt?«

»Ein Zufall. Beide hatten keine Ahnung, daß ich nur wenige Meter über ihnen saß und zuhörte. Der schreckliche Almeric hat meine Wut nur noch mehr entfacht...« Margaret erzählte John ihre Geschichte. Zwischendurch biß sie immer wieder vom ›Marzapane‹ ab und kaute genüßlich darauf herum. Zuletzt kam sie zu der Dame in Grün.

»Da wurde mir der Boden zu heiß. Sie hätte sich sicher bald erinnert, wo ich ihr schon begegnet bin, und das wäre sehr gefährlich für uns geworden. Also bin ich lieber rechtzeitig verschwunden!«

»Das ist schade«, sagte John nachdenklich. »Du mußt jetzt die ganze Zeit hier in dem Zimmer bleiben. Wie langweilig! Hoffentlich entdeckt sie mich nicht auch noch. Dann fällt ihr bestimmt die ganze Geschichte ein. Wenn die Jagdgesellschaft morgen früh zurückkommt, werde ich mich lieber im Hintergrund halten. Hm, was kannst du bloß machen?«

»Gar nichts, wenn ich hier hocken muß. Eigentlich brauche ich gar nicht mehr in der Burg bleiben«, meinte Margaret niedergeschlagen. »Mir reicht schon dieser öde Nachmittag heute.«

»Nun, erst mal müssen wir warten, bis der Wolf auftaucht. Er kann zwar nicht mit uns reden, aber vielleicht gibt er dir ein Zeichen, daß du mit ihm zur Hütte gehen sollst.«

»Und dich hier allein lassen?« Margaret schüttelte den Kopf.

»Ich weiß. Aber ich werde nicht lange hierbleiben müssen.«

»Was weißt du? Es kann Tage dauern, bis du zum Herzog kommst...«

»Margie, ich muß jetzt sofort wieder zu den Küchen, sonst vermissen sie mich.« John warf seiner Schwester einen mitfühlenden Blick zu. »Tut mir leid, aber ich bringe dir dafür was ganz Besonderes zu essen mit. Ich nehme auch besser die Tücher mit zurück. Ich bin wieder hier, wenn der Wolf kommt.«

»Meinst du? Du weißt ja nicht, wie lange die Leute tafeln. Vielleicht hilfst du mir, jetzt schon das Gitter fortzuziehen.«

John zögerte. »Ich glaube, es ist besser, bis nach Einbruch der Dunkelheit zu warten. Ich werde versuchen, rechtzeitig zurück zu sein. Notfalls kannst du es auch allein fortziehen. Schau, da mußt du ansetzen! Aber am besten wartest du, bis der Wolf draußen ist.«

»Ja, gut.« Traurig sah Margaret den Bruder an.

»Und mach dir keine Sorgen«, fuhr John beruhigend fort. »Alle in der Burg haben so viel anderes im Kopf, daß ich nicht auffallen werde. Und von der Dame in Grün werde ich Abstand halten. Du bist hier unten in Sicherheit. Sei nicht allzu traurig. Lieber hier ein paar Stunden verbringen, als in den Kinderstuben Peitschenhiebe zu bekommen.«

»Schwacher Trost, John«, entgegnete Margaret. »Aber ich sehe wenigstens den Wolf. Du mußt jetzt gehen. Und, bitte, sei vorsichtig!«

»Ich werd schon auf mich aufpassen!« John klopfte Margaret auf die Schulter, ging zur Tür, öffnete sie und sah prüfend in den Keller. Einen Augenblick später war er verschwunden.

XIII

Eine einmalige Chance

Womöglich war es nur ein glücklicher Zufall, vielleicht gehörte es aber auch zu dem guten Zauber, der die Kinder zu Mardian, dem Wolf, und in eine andere Zeit geführt hatte, daß John an diesem Abend bereits eine Gelegenheit bekam, zum Herzog vorzudringen.

Es war eine einmalige Chance. Gefährlich zwar, aber eine echte Chance.

Das Schicksal oder der Zauber wollte es, daß John mutig die Gelegenheit beim Schopf packte.

Kurz nachdem er Margaret in dem Geheimzimmer allein zurückgelassen hatte, stand er inmitten der eilenden Pagen im Küchentrakt. Er fühlte sich sehr sicher, denn die anderen Jungen nannten ihn jetzt fast alle Hans und nicht mehr Lionel, und keinem fiel auf, daß es ihn noch gestern nirgends gegeben hatte.

John war diesmal zum Schankdienst eingeteilt; und so hatte er genügend Zeit, sich all die vielen Leute in der Halle gründlich anzuschauen. Besonders die an der herzoglichen Tafel. Dort bediente jetzt ein anderer Leibpage in schwarzem Samt den Herzog. Er war dunkler und kräftiger als der Junge von heute morgen, und seine Verbeugungen und Knickse wirkten ungeschickt.

Der Herzog trug ein prachtvolles, dunkelrotes Gewand mit Hermelinbesatz und um die Stirn einen goldenen Reif, der wie eine schmale Krone aussah. Das Amulett hing an seiner Brust und glänzte matt. Neben ihm thronte Crispin, ganz in bernsteinfarbenem Samt, das Gesicht sehr blaß und traurig. John betrachtete ihn neugierig. Crispin ähnelte dem Vater sehr, und irgendwie schien der böse Fluch auch über ihm zu liegen. Seine Züge waren müde, seine Augen stumpf. Almeric dagegen, an der anderen Seite des

Herzogs, plauderte munter mit der Dame daneben. Er wirkte sehr selbstbewußt und hoffnungsfroh, kein Wunder, da doch der Zeitpunkt seiner Machtübernahme kurz bevor stand.

Jetzt, am Abend, waren überall an den Tischen auch die Frauen versammelt. Sie trugen, je nach Rang, Kleider aus mehr oder weniger edlen Stoffen. An der Tafel der Edelleute schimmerten Samt und Seiden in allen Farbschattierungen, während an den langen Tischen unten meist nur schlichteres und gröberes Material vertreten war. Die Frauen langten fast ebenso tüchtig zu wie die Männer, und ihre Becher mußten ebenfalls dauernd nachgefüllt werden. John war überhaupt sehr erstaunt über die Tischmanieren. Hier taten die Leute all das, was er als »fürchterlich ungezogen« in Erinnerung hatte. Sie rissen die schönsten Fleischstücke von den Platten, ehe sie überhaupt saßen, sie stippten ihr Brot auch dann noch in die gemeinsamen Schüsseln, wenn sie schon daran herumgekaut hatten, sie aßen mit den Händen, grabschten auf den Tellern der anderen herum, und wenn ihr Becher mit Wein leer war, tranken sie kurzerhand aus dem des Nachbarn. Unmengen wurden vertilgt, Knochen flogen durch die Luft, Wein rann über die Tische, und von Stunde zu Stunde gab es mehr Gegröle. Schon schliefen die ersten, den Kopf gegen die Schulter des Nachbarn gelehnt oder gar zwischen den fettigen Tellern mit den Überresten des Mahls.

Auf einmal merkte John, daß die herzogliche Tafel geräumt war. Die letzten Edelleute zogen sich gerade zusammen mit der Leibgarde zurück. Als hätten sie alle auf dieses Signal gewartet, eilten die Pagen und Diener zu den Küchen und versorgten sich selbst mit Speisen. John dachte an Margaret, griff sich eines der saubersten Tücher und schnappte sich die besten Bissen von den Resten. Niemand schien es außergewöhnlich zu finden, daß er so hamsterte, und er bemerkte auch, daß sich die Taschen mancher der Jungen seltsam beulten, wenn sie sich, die Hände voller Süßigkeiten, trollten. John konnte sich mit einem Tonkrug voll Wein und seinem Bündel Essen davonstehlen. Erst unten im Gang, der zum Keller führte, begegnete ihm jemand. Es war anscheinend der Laternenanzünder. Jedenfalls trug er eine lange Stange in der Hand, an deren

Ende eine Fackel brannte, womit er all die Pechkerzen an den Wänden der Burg für die Nacht anzündete.
John zögerte einen Augenblick. Am liebsten wäre er rasch umgekehrt und hätte abgewartet, bis der Mann seine Arbeit hier beendet hätte, aber dazu war es zu spät, denn der mußte ihn schon gesehen haben. Also blieb John nur die Flucht nach vorn. Zu seiner großen Erleichterung blinzelte der Mann ihm nur zu, grinste breit und zeigte mit dem Daumen zuerst auf das Bündel und den Krug und dann zur Kellertür.
»Er ist da unten«, sagte der Mann und ging pfeifend weiter.
Er? fragte sich John. Wer mochte das nur sein? Das fehlte ihm gerade. Sollte er lieber zu den Küchen zurückgehen und sich dort irgendwo die Nacht über verstecken oder sich einfach zu den schlafenden Leuten in der Halle legen? Die Augen des Mannes im Rükken, entschied er sich für den Weg in den Keller.
»Er« entpuppte sich als ein schmächtiger Junge in Johns Alter. Er hockte nicht weit von den großen Fässern entfernt am Boden und hielt die Arme eng um den Körper geschlungen, als tue ihm etwas weh.
John beugte sich zu ihm und fragte: »Was ist los?«
»Nichts«, entgegnete der Junge. Aber er schluchzte. Im schwachen Licht der Fackel bemerkte John, wie blaß sein Gegenüber war.
»Was tust du hier?« versuchte er es von neuem.
»Dieselbe Frage kann ich dir auch stellen«, entgegnete der andere knapp.
»Ich bin hergekommen, um in Ruhe mein Abendbrot zu essen. Das ist alles! Der Laternenanzünder dachte, wir würden zusammen essen. Willst du was?« John knüpfte das Bündel auf und hielt es dem Jungen hin.
Doch beim Anblick der Speisen schüttelte er sich nur und schien noch grüner zu werden. »Nein, pack es wieder ein und laß mich in Frieden. Es ist alles in Ordnung mit mir.«
Das war bestimmt gelogen, und John ließ sich auch nicht weiter davon beirren. »Bist du krank, oder was ist mit dir los? Du bist kreidebleich.«

Der Junge senkte den Kopf. Unentschlossen stand John daneben. Er konnte schlecht das Essen zu Margaret tragen, während dieser Bursche da hockte. Außerdem sah er wirklich krank aus, und John hatte an diesem ersten Tag in der Burg begriffen, daß unter den Jungen Härte zählte. Jeder, der Schwächen zeigte, wurde von den anderen verspottet und gepeinigt. Er kniete sich neben den Jungen hin.

»Hör mal«, begann er vorsichtig, »du brauchst mir nichts vorzumachen. Ich kann schweigen. Aber wenn du krank bist, dann mußt du auch so vernünftig sein und zu jemandem gehen, der dir helfen kann!«

Der Junge schüttelte nur langsam den Kopf. John rückte näher zu ihm heran und sah auf einmal in dem flackernden Licht ein Wappen vorn auf seinem Wams aufleuchten. Es war eine große goldene Krone! Dann blickte der Junge kurz auf, und jetzt erkannte ihn John wieder. Er hatte den Pagen, der den Herzog heute morgen bedient hatte, vor sich. Doch irgend etwas an ihm war verändert. Sein Gesicht schien merkwürdig verschwollen. »Warum denn nicht? Du bist doch schließlich der persönliche Page des Herzogs. Oder?«

»Ja, ich bin Justin. Und wie heißt du?«

»Mein Name ist Hans. Aber das ist jetzt unwichtig. Wenn du krank bist, dann...« Er brach ab, weil ihm plötzlich ein Gedanke durch den Kopf schoß... ein fürchterlicher Verdacht... Der Junge mußte den Wein und das Essen des Herzogs kosten! Und so wie er dasaß, hatte er wohl schlimme Krämpfe. »Sag mir sofort, was mit dir los ist!« John sprach auf einmal sehr scharf. »Kommt deine Übelkeit von irgend etwas, das du gegessen oder getrunken hast? Wenn das der Fall ist, muß es sofort dem Herzog mitgeteilt werden, sonst... Das weißt du wohl selbst!«

»Nein, davon ist es nicht«, antwortete der andere kleinlaut. Er hob den Kopf, und im Schein der Fackel konnte John sehen, daß das Gesicht übel zugerichtet war. Die Oberlippe hatte eine Platzwunde, und überall um den Mund klebte dick verkrustet das Blut. Die Brauen waren geschwollen, und das linke Auge war fast zu.

Nichts schien mehr so richtig an Ort und Stelle zu sein. Wahrscheinlich hatte er auch noch Tritte in den Magen abbekommen.

»Auwei, du siehst aus, als kämst du von einem Kreuzzug!« Ihm war dieser Vergleich ohne Nachdenken eingefallen.

»Was ist mit den anderen Jungen?«

»Nicht der Rede wert. Sie waren zu viert. Ich hab's versucht, aber...« Der Rest ging in einem heftigen Schluchzen unter. John verstand nur noch »... Feigling.«

»Du bist ganz bestimmt kein Feigling. Das bringt jeden zur Strecke, wenn vier Raufbolde über einen herfallen. Was hast du denn angestellt, daß sie dich derart in die Mangel genommen haben?«

»Nichts. Das einzige ist..., ich bin eben nicht gut bei all den Kampfspielen. Der Herzog hat mich ausgewählt, weil ich geschickte Hände habe, mich anständig zu benehmen weiß, ruhig bin und singen kann. Ich habe mich nicht um die Stelle des Leibpagen beworben. Sie hänseln mich alle und verlachen mich als Weichling. Heute nachmittag habe ich gleich dreimal hintereinander die hölzerne Turnierpuppe verfehlt, und sie haben gesagt, ich müßte dafür bestraft werden.«

»Wer hat das gesagt? Der Waffenmeister?« John war noch im nachhinein heilfroh, daß er sich vor den Spielen gedrückt hatte. Vielleicht hätte ich aber auch den Kerlen ein paar hübsche Verzierungen beigebracht und sie würden jetzt jammernd in der Ecke liegen, dachte er grimmig.

»Nein, nein. Der war längst weg«, erklärte Justin.

»Ich verstehe. Aber du solltest unbedingt, auch wenn du dann über die Angelegenheit reden mußt, einen Arzt aufsuchen. Du brauchst ja nicht die Namen dieser gemeinen Kerle zu verraten, wenn du ihre Rache fürchtest. Da unternimmt besser dein Vater etwas. In jedem Fall sollte er Bescheid wissen. Er ist doch hier?«

»Nein, er sitzt bei Graf Sigismund in Gefangenschaft. Man hat ihn noch nicht ausgelöst.«

»Der Herzog wird nach dir fragen. Und wenn er dein Gesicht sieht, weiß er sofort, was los ist. Deine Lippe wird immer dicker, und dein Auge wird bald in den schönsten Farben schillern. Du warst heute abend auch nicht in der Halle?«

»Nein, zum Glück war ich nicht an der Reihe. Damian hatte Dienst. Aber jetzt müßte ich gleich den Schlaftrunk des Herzogs zubereiten..., heiße Milch mit Wein. Wenn das Damian nur heute abend noch für mich übernehmen könnte... Morgen ist mein Gesicht wahrscheinlich schon viel besser, und niemand erfährt etwas.«

Er warf John einen hilfesuchenden Blick zu. »Du bist so freundlich. Gar nicht wie die anderen. Kannst du nicht zu Damian gehen und ihn bitten?«

»Warte einen Augenblick.« John schlug das Herz bis zum Hals. »Was mußt du dem Herzog bringen?«

»Seinen Schlaftrunk. Er nimmt ihn jeden Abend kurz bevor er sich ins Bett legt. Ich müßte eigentlich schon bei ihm sein, aber in diesem Zustand kann ich es einfach nicht. Der Herzog würde herausfinden, wer mich so zugerichtet hat, und die Jungen schwer bestrafen. Anschließend schlagen die mich tot oder machen mir zumindest das Leben hier zur Hölle...«

»Sei still und zerbrich dir nicht den Kopf. Ich bringe das schon in Ordnung. Wo wird Damian jetzt wohl stecken?«

»Im Vorzimmer der herzoglichen Gemächer. Gleich hinter der Treppe. Ich nehme an, er schläft schon.«

Um so besser, dachte John, hütete sich aber, das laut zu sagen. Er überschüttete den Jungen mit Fragen, obwohl er merkte, wie die Antworten den armen Kerl mehr und mehr anstrengten.

»Und was ist mit dem Wein? Wie bereitest du den Schlaftrunk zu?«

»Damian weiß das alles genau«, entgegnete der Page schwach und ließ den Kopf auf die Knie sinken. John verstand nur ein paar Satzbrocken. »Goldenen Becher... Pfanne, um die Milch zu erhitzen... sein Lieblingswein... die Gewürze und die Kräuter stehen bereit...«

Hoffentlich, dachte John. »Verlaß dich auf mich«, sagte er kurz entschlossen. »Es geht alles in Ordnung. Doch wenn ich bis zu Damian vorgelassen werden soll, muß ich aussehen, als sei ich einer von euch. In meiner Kleidung hier verwehren mir die Wächter sicher den Zutritt. Schnell, hilf mir. Du bekommst meine Sachen solange. Sie sind sowieso wärmer. Und du leihst mir dein Wams!«

John legte seinen Umhang ab, zog das Wams aus und nahm dem völlig verdutzten Jungen seine Sachen ab. Kurz darauf trug John die schwarze Samtkleidung des herzoglichen Leibpagen mit der goldenen Krone vorne auf der Brust. Dann übergab er Justin seine eigenen Kleider. »In dem Zeug hast du dienstfrei bis morgen früh. Aber keine Angst, ich bin eher wieder zurück.« John wollte sich gerade den Gürtel mit dem Messer und der Tasche umschnallen, als ihm einfiel, daß man in der Nähe des Herzogs bestimmt keine Waffen tragen durfte. Also wickelte er es eilig in das Tuch mit dem Essen ein.

»Kann ich noch etwas für dich tun? Soll ich jemanden herschikken, dem du vertraust?«

Justin schüttelte den Kopf. »Lauf schnell zu Damian, damit er für mich einspringt. Das ist alles. Ach, vielleicht kannst du mich ein bißchen hinter das dicke Faß zerren, damit nicht jeder, der hier herunterkommt, gleich über mich stolpert.«

John packte Justin unter den Achseln und zog ihn in die Ecke. Anschließend versteckte er die Speisen ganz oben auf einem der Regalbretter.

»Solltest du noch Hunger kriegen, bedien dich. Hier oben in dem Bündel findest du genug. Aber laß bitte noch was drin. Und mein Messer auch. Willst du ein bißchen Wein?«

Justin schüttelte nur den Kopf und kauerte sich dicht an das Faß.

»Gut, dann nehme ich den Krug wieder mit. Das sieht aus, als würde ich einen Botengang machen. Bleib hier und schlaf ein bißchen. Es dauert nicht lange.« John klopfte dem Pagen auf die Schulter, griff den Weinkrug und eilte aus dem Keller.

Auf dem Weg zu den Gemächern des Herzogs fragte John mutig

einige Male nach Damian, wenn er auf jemanden traf, der einigermaßen nüchtern wirkte.
Der Vorraum zu den privaten Zimmern des Herzogs war voller Menschen. Die meisten von ihnen – Edelleute, die John bei Tisch gesehen hatte – schliefen bereits. Bewaffnete Männer mit Spießen und Schwertern standen drohend rechts und links von einem Durchgang an der Wand. Das Feuer im Kamin war schon ziemlich heruntergebrannt, doch die Pechkerzen in den eisernen Haltern gaben genügend Licht. Überall hingen schwere Wandteppiche, und die Luft war stickig heiß und beißend von dem Qualm der Fackeln und des sterbenden Feuers. Gleich hinter dem Durchgang führte eine schmale Treppe zu den Turmgemächern des Herzogs.
John versuchte, sich zunächst einen Überblick in dem Gewühl zu verschaffen. Zu seiner großen Erleichterung war Damian nirgends zu entdecken. Also konnte er den nächsten Schritt wagen. Er faßte den Weinkrug so, wie es sich für einen Pagen gehörte, und wollte sich gerade seinen Weg zum Durchgang bahnen, als er eine Gestalt auf der Treppe zu den Gemächern des Herzogs sah. Es war eigentlich nur ein dunkler Schatten, der die Stufen herunterglitt. John blieb stehen und wartete. Da fiel auf einmal der Lichtschein einer Fackel auf den Unbekannten, und für einen Moment erkannte John das Gesicht des Zauberes Almeric. Er kam bedrohlich näher.
John erstarrte. In seinem Kopf arbeitete es wild. Ging er mutig weiter, würde ihn Almeric wahrscheinlich aufhalten. Aber noch gefährlicher war es wohl, wenn dieser gerissene Bösewicht ihn dabei ertappte, wie er zurückwich...
»Mardian!« rief jemand leise vom Kamin her und winkte. Almeric blieb stehen und wandte sich dann an den Mann im Halbdunkel.
John nutzte den Augenblick und schlüpfte blitzschnell hinter einen der Wandteppiche. Sein Herz klopfte heftig. Ob ihn jemand gesehen hatte? Vorsichtig schob er sich bis zu einer Stelle, an der er genügend Platz zwischen Wand und Teppich fand, damit er sich von außen nicht durch eine Ausbuchtung verriet. Dann wartete er gespannt.
Er konnte nirgends hindurchspähen und mußte sich ganz auf seine

Ohren verlassen. Eine Ewigkeit schien zu vergehen, bis John dicht bei sich schnelle Schritte hörte und ein Gewand förmlich sein Versteck streifte.

Als es still geworden war, kroch John langsam hervor. Niemand hatte anscheinend etwas von seinem Manöver bemerkt. Den Weinkrug unter dem Arm eilte John – so selbstsicher wie möglich – zu dem Durchgang. Die zwei Wachsoldaten dort machten keine Anstalten, ihn aufzuhalten. Der eine grinste breit und sagte: »Ganz schön spät, was? War schlau von dir, dich eben vor Mardian zu verstecken. Er scheint nicht in bester Stimmung gewesen zu sein. Paß auf, daß dir nicht noch der Herzog das Fell über die Ohren zieht!«

John murmelte etwas und stürmte an den beiden vorbei die gewundene Treppe hinauf. Kurz vor dem Absatz oben an der Tür zu den herzoglichen Räumen hielt er an.

Damian war zum Glück nirgends zu sehen. Aber zwei weitere grimmige, bewaffnete Wächter standen dort auf beiden Seiten der eisenbeschlagenen Pforte. Kaum hatte er sich ihnen genähert, kreuzten sie ihre Spieße und hielten ihn auf.

»Du bist nicht Justin! Was willst du hier?«

Der eine streckte die Hand aus, griff nach Johns Krug und steckte seine Nase hinein.

»Was soll denn das? Das ist nicht der Wein für den Herzog, oder? Riecht wie das einfache Zeug, das wir bei Tisch kriegen.«

»Ist es auch. Aber der einfache Landwein eignet sich besser zum Erhitzen mit Kräutern und Gewürzen. Der Herzog hat mich beauftragt, es mal mit diesem zu versuchen«, kam es John glatt von den Lippen. Er versuchte zu lächeln. Die Aufregung machte ihm gewaltig zu schaffen, und er strengte sich an, die Wächter seine Angst nicht merken zu lassen. »Ich muß es doch wissen, wo ich ihm den Trunk anrühre und koste. Der gute Wein schmeckt ganz komisch in letzter Zeit.«

Der Mann gab ihm den Krug zurück. »Gut, du wirst dich schon nicht selber vergiften wollen. Hoffentlich mundet's auch dem Herzog. Sag mal, wo steckt denn Justin? Ist er nicht an der Reihe?«

»Ja, aber der Herzog hat ausdrücklich nach mir verlangt. Ich bin

Hans und auch für den Dienst hier ausgebildet. Ich hatte den Vorschlag gemacht, es mal mit dem anderen Wein zu probieren. Deshalb bin ich wohl auch heute dran. Ihr müßtet mich doch kennen. Ich bin Lionels Bruder.« John war froh, daß ihm das alles so rasch einfiel.
»Lionels Bruder? Ach, jetzt, wo du das sagst, merke ich, wie ähnlich du ihm siehst. Na, dann rein mit dir, Bursche. Aber Vorsicht! Der Herzog ist ziemlich übel gelaunt heute.«
Die Spieße hoben sich, die Tür wurde geöffnet, und John schlüpfte hinein. Hinter ihm fiel sie schwer ins Schloß. Er hatte es geschafft! Er stand in den herzoglichen Gemächern.

XIV

Der unheimliche Magier

In dem Geheimzimmer allein gelassen, hatte Margaret nach und nach die Reste des Essens in sich hineingestopft. Jetzt saß sie auf dem Fenstersims, knabberte an dem ›Marzapane‹ und schaute hinaus. Der Abendhimmel schillerte in den schönsten satten Farben und spiegelte sich im Wasser des Burggrabens. Es gab nicht viel zu sehen, denn die Zugbrücke war längst hochgezogen, und niemand zeigte sich mehr auf der Zufahrt.

Margaret dachte an den Wolf. Wie traurig mußte er jetzt sein, wo sich die Sonne senkte und die Stunde seiner Verwandlung näher rückte. Wie gerne würde sie ihm, wenn er heute nacht herkam, erzählen, daß sein Leid bald ein Ende hätte... Doch nun saß sie hier, zur Untätigkeit verdammt, und auch John schien keine Möglichkeit gesehen zu haben, allein an den Herzog heranzukommen. Armer Wolf!

Es wurde dunkler und dunkler. Margaret ertappte sich immer wieder dabei, wie sie einnickte. Sie hatte letzte Nacht doch zuwenig Schlaf gehabt.

Schließlich machten die Stille, das viele Essen und die Dunkelheit Margaret so müde, daß sie endgültig einschlief. Sie hatte keine Ahnung, wie lange sie so, auf den Sims gekauert, geschlummert hatte, als ein Geräusch sie hochschrecken ließ.

Der Wolf? War er schon gekommen? Sie starrte in die Dunkelheit hinaus. Nichts.

Dann mußte es John sein, der schon mit seinem Dienst fertig war. Fein! Die Einsamkeit und Langeweile hier unten war doch schwer zu ertragen. Ja, das Geräusch kam von den Kellerräumen her. Welche Neuigkeiten John wohl brachte?

Sie lauschte.

Nein, das konnte nicht John sein. Der Schritt war viel zu schwer. Und jetzt räusperte sich jemand..., zweifellos ein Mann. Vielleicht der Kellermeister, der nach seinen Fässern sehen wollte, oder der Tafelmeister, der nach einem gutem Tropfen für die Nacht ausschaute...

Doch die Schritte näherten sich jetzt der Geheimtür, und gleich darauf nestelte jemand an dem Schloß herum. Der kleine Riegel schnappte schon zurück!

Margaret blieb keine Zeit mehr, das Gitter wegzuziehen und nach draußen zu klettern. In dem Zimmer gab es nur ein einziges Versteck, der große Schrank hinten in der Ecke. Aber der war abgeschlossen. Doch zwischen der Wand und dem Schrank war ein Zwischenraum, der ihr Zuflucht bieten konnte. Ihr blieb keine andere Möglichkeit. Sie mußte blitzschnell handeln. Sie glitt von der Fensterbank und lief an der Wand entlang zu der Nische. Unmittelbar davor hingen an hölzernen Haken ein paar Kleidungsstücke, zumeist aus Leder, im Laufe der Jahre ganz steif geworden. Sie rochen unangenehm. Margaret schob sich daran vorbei. Das Leder raschelte. Sie hielt die Sachen fest, bis sie ganz ruhig hingen, schuf sich einen Sehschlitz und wartete mit klopfendem Herzen hinter diesem Vorhang aus Leder, was nun kommen würde.

Sie war keine Sekunde zu früh in der Nische verschwunden. Schon wurde die Tür aufgestoßen, und eine Gestalt mit einer Laterne in der Hand trat ein. Das Licht warf unheimliche Schatten über die Wände. Erst waren sie stark verzerrt, doch dann erkannte Margaret deutlich das Profil von dem falschen Mardian. Almeric!

Sie fuhr zusammen. Eigentlich hätte sie es ahnen müssen. Sie alle hätten es sich denken können! Denn wenn der Herzog diesen Almeric für Mardian hielt, sprach er natürlich ganz offen mit ihm über all die Geheimnisse aus der Jugend. So war er also auch auf dieses Zimmer gestoßen. Nicht einmal dieses letzte Geheimnis war dem Wolf mit Herzog Otho geblieben. Almeric drang in alles ein!

Margarets Herz schlug zum Zerspringen.

Warum tauchte Almeric gerade heute nacht hier auf? Rechnete er damit, daß der Wolf eines Tages an den Ort zurückkehren würde, der ihn mit dem Freund verband? Oder hatte er etwa John entdeckt und aus ihm herausgepreßt, warum er hier auf der Burg war? Vielleicht brauchte Almeric als Zauberer gar nicht zu fragen, sondern konnte durch Schwarzmagie hinter alles Verborgene kommen...

Der Magier näherte sich der Nische, in der Margaret zitternd stand. Sie hielt den Atem an. Am Schrank machten die Schritte halt. Gleich darauf hörte sie, wie sich ein Schlüssel im Schloß drehte. Quietschend sprang die Tür auf. Vorsichtig erweiterte Margaret ihren Sehschlitz und beobachtete, wie der Zauberer merkwürdige Dinge aus den Fächern des Schrankes nahm und zu dem Tisch in der Mitte des Raumes trug. Riesige Schatten tanzten im Licht der Laterne, während er mehr und mehr hervorholte.

Wie froh war Margaret, daß sie alles aufgegessen hatte. Unvorstellbar, wenn der Zauberer noch Fleisch und Früchte auf dem Tisch gefunden hätte! Sie überlegte angestrengt, ob ihn irgend etwas stutzig machen könnte.

Die Fußspuren in dem dicken Staub des Bodens! Oh, wenn er die entdeckte! Und das Gitter saß auch nicht mehr an der richtigen Stelle im Mauerwerk! Krümel mußten überall noch von der Mahlzeit herumliegen! Doch nichts von alledem schien Almerics Aufmerksamkeit auf sich zu ziehen. Er kehrte Margaret den Rücken zu und beugte sich über den Tisch, wo er, dem Geräusch nach zu urteilen, mit irgendwelchen Gläsern, Flaschen und Tiegeln hantierte.

Jetzt trat er zur Seite. Auf einem eisernen Dreifuß, unter dem eine Flamme brannte, stand eine Phiole mit einer leuchtendroten Flüssigkeit darin. Ringsherum waren Flaschen und Becher aufgebaut. Almeric griff nach einem gläsernen Gefäß, schüttete etwas aus einem Schächtelchen hinein und rührte das Ganze um, wobei er unverständliche, beschwörende Worte murmelte. Neben einer kleinen Kiste mit einem Schloß lag noch ein Lederbeutel.

Die Laterne flackerte heftig und qualmte. Es war ein beißender Geruch. Doch der gelbe Lichtschein ließ nicht an Kraft nach, und

Margaret hoffte, John würde ihn durch die Türritzen bemerken und wäre dann gewarnt. Und wenn der Wolf durch den Graben kam, mußte er ihn ebenfalls sehen und konnte abwarten, bis es wieder dunkel im Fenster wurde.
In diesem Augenblick hörte sie sein langgezogenes, schauriges Heulen. Der Wolf näherte sich also der Burg und war so unvorsichtig seinen Schmerz durch die Nacht zu schreien.
Der Zauberer hob abrupt den Kopf. Er hatte ihn auch gehört! Margaret zog sich hinter ihren Kleidervorhang zurück. Almerics hämisches Grinsen war ihr nicht entgangen. Am Schritt bemerkte sie, daß er noch einmal zum Schrank kam. Er streifte dabei das Leder, hinter dem sie sich verbarg, und es schabte laut. Almeric schien nach etwas zu suchen, griff hierhin und dorthin und ging dann in Richtung Fenster. Dort stellte er sich auf die Zehenspitzen, schaute hinaus und lachte gehässig.
»Na endlich, Mardian!« In seiner Stimme lag so viel Gemeinheit und Hohn, daß Margaret eine Gänsehaut bekam. Das allerschlimmste daran war, daß Almeric ja mit Mardians eigener, sanfter Stimme über ihn herzog! »Komm nur näher, armer Werwolf. Vielleicht verrätst du mir, wo du dein Amulett verborgen hast. Otho vermißt es sehr...! Es ist das einzige, was mir noch fehlt, um ganz du zu sein. Gib es mir! Es nützt dir doch nichts! Ich werde dafür sorgen, daß Otho den Wechsel des Mondes nicht mehr erlebt, und ist er nicht mehr da, kann ich mit dem Jungen tun und lassen, wie es mir beliebt!« Almeric lachte böse. »O ja, Crispin tritt ein großes Erbe an. Und wenn er endlich seinem Vater gefolgt ist, geht das Herzogtum in meine Hände über, und ich komme in den Genuß all der Macht und all des Reichtums, den mir meine Meister der Magie versprochen haben. Doch du, mein armer Wolf, wirst weiter bis zu deinem Tod in den Wäldern gejagt werden...«
Der Wolf stieß ein schreckliches Jaulen aus. Diesmal war es um vieles näher. Margaret lauschte ängstlich. Aber das Licht schien den Wolf gewarnt zu haben. Er kam nicht weiter heran, und der Zauberer wandte sich wieder dem Tisch und seinem Gebräu zu.
Erneut war das beschwörende, unheimliche Gemurmel zu verneh-

men. Almeric rührte mit einem langen, hellen Stab, aus Knochen geschnitten, in der Phiole herum. Die Flüssigkeit begann langsam zu brodeln und färbte sich purpurrot.
Grauer Rauch stieg nach einer Weile in dünnen Fäden aus dem Glas auf. Dann breitete sich ein süßlicher Geruch im Zimmer aus, und Margaret kämpfte mit einem furchtbaren Hustenreiz. Aus einem winzigen, weichen Lederbeutel, den er unter seinem Gewand verborgen hatte, holte der Zauberer behutsam etwas hervor, das entweder sehr kostbar oder enorm giftig sein mußte, und gab es – ein weißes Pulver – in die Phiole.
Sofort wechselte der Rauch die Farbe. Erst wurde er ganz dick und weiß, dann grün wie ein Teich voller glitschiger Algen. Der Geruch änderte sich ebenfalls und wurde immer süßer.
Almeric hob das Gefäß von der Flamme und stellte es auf den Tisch, damit es abkühlte. Dann drehte er sich unvermittelt um und rannte auf den Schrank zu. Margaret konnte sich gerade noch rechtzeitig hinter die Ledersachen zurückziehen.
Wieder schien der Zauberer etwas zu suchen. Er schob Gegenstände hin und her, klimperte mit allem möglichen. Margarets Neugier war stärker als ihre Vorsicht. Sie spähte wieder durch ihren Kleidervorhang. Die Phiole stand auf dem Tisch. Die Flüssigkeit darin war inzwischen fast schwarz geworden und rauchte auch nicht mehr. Sie sah wie eine starke Medizin oder ein Gift aus ...
Plötzlich bewegte sich etwas in der Phiole. Gebannt starrte Margaret hin. Was war in dem Gebräu verborgen? Wieder schimmerte etwas auf, als sei eine kleine Gestalt in der Flasche gefangen! Und da begriff sie! Es war kein Geist, kein Teufel, sondern eine Widerspiegelung von Almeric, der sich gerade, einen Becher in der Hand, vom Schrank abwandte.
... und da sah er sie! Als sie erschrocken zurückfuhr, sagte er ruhig, aber mit einem grausamen Unterton: »Wer immer hier in mein Zimmer eingedrungen sein mag, um mich zu beobachten und zu bespitzeln, sei willkommen. Ich bin überzeugt, es gibt vieles, was er mir verraten kann, bevor er diesen Becher hier leert. Laß uns miteinander sprechen.«

»Gut so«, murmelte der Zauberer und sah Margaret mit stechendem Blick an. »Sag mir, wer du bist!«
»Oh, edler Herr, mein Name ist Greta ... und ich ... ich wollte ein bißchen auf Entdeckungsreise gehen.«
»In den Kellerräumen? Ich dachte, ein junges Fräulein wie du fürchtet sich vor dem, was ihr da begegnen könnte.«
»Was hätte mir denn begegnen sollen?« fragte Margaret unschuldsvoll. Sie warf einen verstohlenen Blick zu dem Gerät auf dem Tisch und sah dann, wie sich die Augen des Zauberers böse verengten, als er ihr antwortete: »Nun, Spinnen, Ratten, Kröten und andere Schrecken.«
»Oh«, meinte sie nur und schüttelte sich.
»Und die Dunkelheit«, fügte Almeric fast freundlich hinzu.
Auch wenn er wie der echte Mardian aussah und mit dessen Stimme sprach, ließ Margaret sich doch keine Sekunde lang über seine Gefährlichkeit täuschen. Und plötzlich drohte er ihr: »Los jetzt, laß die Lügen sein! Ich hole schon die Wahrheit aus dir heraus, da kannst du sicher sein. Komm her!«
Ihr blieb nichts anderes übrig, als zu gehorchen. Widerstrebend näherte sie sich ihm und blieb etwa einen halben Meter von ihm entfernt stehen. Sofort schoß seine Hand vor, packte Margarets Arm und zog sie mit Gewalt zu sich heran. Seine Finger waren wie Krallen und eiskalt, seine gelben Augen funkelten wütend. Margaret schauderte.
»So, und jetzt sag mir, wer du bist und was du hier unten treibst!«
Wieder heulte der Wolf, diesmal ganz dicht unter dem Fenster. Margaret senkte den Kopf, damit Almeric ihr Gesicht nicht sehen konnte. Dann sprudelte sie hervor: »Ich bin die Enkelin von Grisel. Ich ... ich fürchte mich überhaupt nicht vor Spinnen, und ich finde die Spiele, die die anderen Mädchen machen, entsetzlich langweilig. Darum habe ich mich davongestohlen und ein bißchen die Burg erforscht. Dabei bin ich auf diese Geheimtür gestoßen und in das Zimmer gelangt. Ich ... ich habe versucht, den Schrank zu öffnen, aber die Tür war abgeschlossen. Dann dachte ich, es

wäre ganz aufregend, sich eine Weile hier zu verstecken. Ich hatte Marzapane bei mir, das habe ich nach und nach gegessen, und dann muß ich eingeschlafen sein. Ich wurde jedenfalls erst von Euren Schritten wach, Herr, und bekam Angst. Also bin ich hinter den Schrank geschlüpft. Ich durfte ja nicht entdeckt werden, weil... Wißt Ihr, edler Herr, ich bin schon einige Male entwischt, und jedesmal haben sie mich zur Strafe mit der Peitsche geschlagen!«
»Genau das sollte man eigentlich wieder mit dir machen. Aber du bist so ein hübsches Kind, daß es ein Jammer wäre, dir etwas zuleide zu tun«, säuselte Almeric auf einmal. »Da du nun mein Geheimnis herausgefunden hast, bleibst du bei mir und kannst mir bei der Arbeit helfen.«
Sie schluckte. Diese freundliche, einschmeichelnde Art jagte ihr kalte Schauer über den Rücken. »Bei welcher Arbeit soll ich Euch helfen, edler Herr?«
Er schob den Kopf wie ein Raubvogel auf Beutefang vor. »Nun, wir bereiten eine nette Medizin für unseren Herrn, den Herzog Otho. Die Wolfskrankheit wirkt zu langsam. Es ist an der Zeit, ihn auf den Weg zu schicken. Manchmal verlieren Zauberkräfte im Laufe der Zeit an Wirksamkeit, kleine Maid, und sie müssen erneuert werden. Und so muß manche Medizin noch einmal gebraut werden, auch für Mardian.«
»Für *Mardian*?« schrie Margaret erschrocken.
Welch dummer Fehler. Einen Moment hatte sie sich nicht in der Gewalt gehabt, und es war Almeric nicht entgangen. Er musterte sie schweigend, und sie fühlte, wie ihr das Blut aus den Wangen wich. Sie würde ihn nicht länger täuschen können!
Endlich sprach er. »Aha, ein Mädchen gelangt auf ihren Entdekkungsspaziergängen durch die Burg in diesen geheimen Raum. Ein hübsches Mädchen, das offensichtlich viel mehr weiß, als sie mir gesagt hat. Nun, du wirst mir jetzt erzählen, warum du wirklich hier bist. Sieh mich an?«
Was blieb ihr anderes übrig? Sie hob den Kopf und blickte ihm in die Augen. Und darin lag etwas, das sie unverwechselbar mit den

Augen des Wolfes machte. Almerics Augen besaßen zwar dieselbe gelbe Farbe, aber da, wo bei dem Wolf Aufrichtigkeit, menschliche Wärme und Trauer zu finden waren, gab es bei dem Zauberer nur Härte und Eiseskälte. Es waren gläserne Augen, in denen sie ihre Gestalt winzig klein gespiegelt sah, so wie vorhin Almeric in der Phiole. Und sie fühlte sich plötzlich von ihnen aufgesogen, in höllische Tiefen hinabgerissen... Die Augen des Magiers erschienen ihr jetzt wie ein schwarzer Strudel, in den ihr Wille, ihre Kraft unweigerlich hineingezogen wurden, bis sie nur noch hilfloses Werkzeug in den Händen dieses Bösewichts sein und ihm alles verraten würde...

Draußen, unter dem Fenster, heulte der Wolf.

Für einen Moment wich jegliche Kraft aus den Augen des Zauberers. Als würde eine Kette zerspringen, fühlte Margaret sich auf einmal befreit, riß sich aus der Umklammerung und stürzte zum Fenster. Mit einem Sprung war sie oben auf dem Sims und zog an dem Eisengitter. Es gab sofort nach. Doch weiter kam sie nicht. Mit zwei riesigen Schritten war Almeric bei ihr und zerrte sie vom Fenster weg.

Er zwang sie wieder, ihn anzusehen. »Aha, so ist das also, meine Kleine! Du gehörst also zu Mardian, der als Wolf die Wälder unsicher macht... Nun, es war dumm von ihm, dich einzuspannen. Indem er dich herschickte, hat er mir eine Geisel gegeben. Oder sagen wir besser, er hat mir einen Köder gegeben, mit dem ich ihn an meinen Haken locken kann.«

Sie hörte Wolf jetzt draußen scharren. Mit aller Kraft schlug und trat sie um sich und schrie dabei: »Wolf lauf weg! Er ist hier, Almeric! Schnell, lauf weg!«

Der Zauberer machte keine Anstalten, sie zum Schweigen zu bringen. Er preßte sie fest an sich und schüttelte sich vor Lachen. Sie kämpfte gegen seinen Griff und schrie, aber es nützte nichts.

Ein riesiger Satz, und der Wolf stand oben im Fenster. Seine Augen flackerten wild und wirkten wie glühende Kohlen, die Nackenhaare waren steil aufgerichtet, und er gab ein Knurren und Grollen von sich, das den Raum erzittern ließ. Die Vorderpfoten mit den riesigen Krallen federten schon zum Sprung.

»Wolf, bitte, lauf weg!« rief Margaret flehend.

»Nein!« Der Zauberer zückte ein Messer. Er drückte es Margaret in die Seite. Sie wagte nicht einmal mehr, Luft zu holen. Jetzt ließ er sie mit der einen Hand für einen Moment los, um ihr gleich darauf den Mund zuzuhalten. Der Werwolf stockte, das Knurren erstarb in seiner Kehle. »Nein!« wiederholte Almeric. »Du kommst jetzt schön brav herein, mein lieber Mardian!«

XV

Das Amulett der Treue

Der Herzog saß dicht am Kamin, in dem die Holzscheite knisterten. Er war nicht allein. Auf einem niedrigen Hocker zu seinen Füßen spielte ein Junge Laute und sang.
Der Herzog schien sehr müde zu sein. Er war nicht erzürnt darüber, daß sein Page so spät kam, ja, er nahm ihn nicht einmal wahr. Und auch der Sänger drehte sich nicht um. John war sehr froh darüber, denn er erkannte in dem Jungen sogleich den zweiten Leibpagen. Damian war also hier!
Wieder einmal stand John unschlüssig da, sein Herz pochte wild, und in seinem Kopf überstürzten sich die Gedanken. So weit war er nun vorgedrungen, endlich am Ziel angelangt, und da drohte dieser Page alles zunichte zu machen! Damian mußte Justins Fehlen bemerkt haben und sofort für ihn eingesprungen sein, vielleicht, um ihn vor Strafe zu bewahren. Hatte er den Schlaftrunk etwa schon zubereitet?
Der Herzog rührte sich nicht. Er saß da, den Kopf gebeugt, und starrte, wohl ganz in die Musik versunken, ins Feuer. John merkte, wie er das Medaillon in der Tasche fest umklammerte. Er mußte wohl unbewußt danach gegriffen haben. Kurz entschlossen ließ er es los und sah sich in dem Raum um. Zwei Dinge machten ihm Mut. Auf dem kleinen niedrigen mit Perlmutt eingelegten Tisch neben des Herzogs Sessel stand kein Becher, und in einer Ecke, durch einen geschnitzten Wandschirm der Sicht von Damian und seinem Herrn entzogen, waren die Gerätschaften für den Schlaftrunk aufgebaut. Daneben stand ein goldener Kelch.
John schlich sich dichter heran und warf einen Blick hinein. Der Kelch war leer. Also hatte Damian den Schlaftrunk noch nicht bereitet. John fand eine Schüssel mit Milch, einen Kupfertiegel mit

langem Stiel, einen Dreifuß, um darauf alles im Feuer zu erhitzen, einen vergoldeten Krug mit Wein und zahlreiche Schachteln und Kistchen aus Holz. Da werden die Kräuter und Gewürze drin sein, dachte er mit Unbehagen, nahm sie in die Hand und roch daran. Eines unter ihnen mußte Almerics Gift enthalten. Nur, wie kam es, daß keiner der beiden Pagen, die ja von dem Tank zu kosten hatten, ebenfalls krank wurden? Es mußte ein spezieller Zauber sein...

Er durfte nicht viel Zeit mit Nachdenken verlieren. Das beste war wohl, er mixte nur notdürftig etwas zusammen. Hielt der Herzog erst einmal den Kelch in den Händen, würde ihn das Getränk nicht mehr interessieren. Denn John hatte eine Lösung gefunden, wie er ihm das Amulett zuspielen konnte, ohne daß Damian überhaupt etwas davon merkte...

Hinter dem Wandschirm verborgen, zog er das Medaillon aus der Tasche und legte es sachte in den Kelch. Dann goß er aus seinem Krug gerade so viel Wein darüber, daß es bedeckt war. Den Rest schüttete er in den kupfernen Tiegel. Er rührte weder den vergoldeten Krug noch die Schüssel mit Milch an.

Das Lied schien langsam zum Ende zu kommen. Vielleicht würde Damian jetzt weggeschickt werden. John zögerte einen Moment und fing dann an, die Sachen auf dem Tisch hin und her zu schieben und zurückhaltend Rührgeräusche zu machen.

Die letzte Note verklang. Der Herzog sagte: »Ich danke dir.« Dann hob er die Stimme ein wenig: »Justin? Beeil dich, mir meinen Trunk zu bereiten. Es ist schon spät... So, Damian, die letzte Strophe noch einmal.«

Die Laute erklang wieder, und die Stimme des Pagen ertönte von neuem. Wie sollte John sich verhalten? Er nahm allen Mut zusammen, strich sich das Haar glatt, zupfte sein schwarzes Wams zurecht und trug dann Tiegel, Kelch und Dreifuß zum Kamin hinüber. Dort stellte er den Kelch ab, setzte das Eisengestell ins Feuer und stellte den Tiegel mit dem Wein zum Erhitzen darauf. Das Gesicht sorgfältig von den beiden abgewandt, kniete er vor dem Kamin, schwenkte ab und zu den Tiegel hin und her und ver-

suchte, sein wildes Herzklopfen zu bezähmen. Das Feuer biß ihm ins Gesicht, aber er fror trotzdem vor Aufregung.
Der Wein in dem Tiegel blubberte schon. John nahm ihn von den Flammen und goß ein wenig von dem heißen Gebräu in den Kelch. Seine Hand zitterte so sehr, daß er dabei etwas verschüttete.
Eine Saite der Laute gab plötzlich einen scharfen, mißklingenden Ton von sich, und der Gesang brach ab. Der Herzog blickte auf.
Damian stieß atemlos hervor: »Oh, mein Herzog! Dieser Junge dort ist gar nicht Justin, und er ist auch keiner von den Leibpagen. Ich habe ihn noch nie in der Burg gesehen!«
Der Herzog wandte sich um und fragte scharf: »Wer bist du, Bursche?«
John stellte den Tiegel auf den Boden und sprang auf. Vorsichtig den Kelch zwischen beiden Händen haltend, näherte er sich Otho, der ihn forschend von oben bis unten musterte.
»Nun, wo bleibt die Antwort?«
»Oh, mein Herzog, Justin ist krank geworden und hat mich gebeten, Damian an seiner Stelle zu Euch zu schicken«, stammelte John. »Doch ich konnte ihn nirgends finden, deshalb . . .«
»Ich habe dich gefragt, wer du bist. Raus mit der Sprache!«
»Mein Name ist Hans«, sagte John. Weiter kam er nicht. Denn Damian war aufgesprungen und zu dem Tisch hinter dem Wandschirm gelaufen.
»Mein Herr, er hat es gewagt, Euren Trank mit seinem eigenen Wein zu bereiten! Und er hat keine Milch dazu genommen, und auch die Schachteln mit den Kräutern und Gewürzen scheinen nicht angerührt. Seht her!« Er schob den Wandschirm beiseite.
Der Herzog war wie verwandelt. Keine Müdigkeit und Trauer lagen mehr auf seinem Gesicht. Straff und lauernd saß er in seinem Sessel, die Augen auf den tönernen Krug gerichtet, der sich zwischen all dem Silber und Gold und Schnitzwerk auf dem Tisch sehr unpassend ausnahm. Dann brüllte er: »Wachen! Hierher! Schnell!«
Die Tür flog auf. Die beiden Wachsoldaten stürzten herein. Auf eine Handbewegung des Herzogs hin nahmen sie John in die Mitte und hielten ihn fest.

»Gebt acht, daß er den Wein nicht ausgießt!« befahl er.
John hatte sich nicht von der Stelle gerührt. Nur die wenigen Schritte vom Herzog entfernt, packten ihn die beiden Männer. Der Wein schwankte hin und her, doch nichts ging über den Rand des Kelchs. Otho stützte einen Arm auf die Lehne seines Sessels und legte das Kinn in die Hand. Dann betrachtete er John schweigend. Es herrschte gespannte Stille im Raum. Nur das Feuer knisterte.
John räusperte sich, leckte sich die Lippen. Ihm war, als wäre seine Kehle ausgetrocknet, seine Sprache versiegt. Was sollte er sagen? Jetzt oder nie mußte er Mardian-Wolfs Geschichte erzählen, auch wenn die Wachen und Damian zuhörten. Es war die einzige Möglichkeit. Doch bevor er einen Ton herausbrachte, fragte ihn der Herzog drohend: »Ist es wahr, daß du ein Fremder hier am Hofe bist?«
»Ja, Herr.«
»Dann ist es angebracht, daß du mir endlich sagst, wer du bist und von wo du kommst. Wer ist dein Vater?«
John holte tief Luft. Es würde bestimmt nicht so schlimm sein, die Wahrheit zu sagen. »Mein Herr, Ihr würdet ihn nicht kennen. Er lebt sehr weit von hier. Ich will Euch gern alles erzählen, aber Ihr werdet das besser verstehen, wenn ich Euch die Botschaft überbracht habe, mit der mich Herr Mardian herschickte.«
Der Herzog runzelte die Stirn. »Was, Mardian? Er war doch noch vor wenigen Augenblicken bei mir. Was für einen Unsinn redest du da! Welche Botschaft soll denn das sein? Und dann kommst du noch mit solch einem Bauernkrug zu mir? Hat er dir den auch mitgegeben?«
»Nein, den Wein habe ich selber gebracht...« John zögerte, denn der Wolf hatte darauf bestanden, daß das Amulett unbedingt, ohne daß es jemand sah, direkt in Othos Hand gelangen mußte. Konnte er es ihm trotzdem unter den Blicken der Wachen und des Pagen geben? Die Hände der Männer würden ihn keine Bewegung machen lassen. Und die eiskalten grauen Augen des Herzogs ruhten erbarmungslos auf ihm und nahmen ihm allen Mut.
Er zuckte zusammen, als Otho zu einem der Männer sagte: »Laß

nach Mardian suchen und ihm ausrichten, er soll sofort herkommen!«
»Nein!« schrie John voller Entsetzen.
Der Mann blieb stehen, und der Herzog gab ihm zu verstehen, er solle noch warten.
»Das habe ich mir fast gedacht. Was hast du denn für eine Botschaft für mich, daß Mardian sie mir nicht selber überbringen kann? Und weshalb wagst du sie nicht in seiner Gegenwart zu sagen?«
John wußte nicht mehr weiter. Alles schien über ihm zusammenzustürzen. »Die Botschaft ist im Wein!« schrie er verzweifelt.
»Daran zweifle ich nicht«, entgegnete der Herzog beißend scharf. »Wohl eine freundliche Botschaft von Graf Sigismund, was?«
»Nein, nein! Wenn Ihr doch nur den Becher nehmen würdet!« Als er versuchte, ihn dem Herzog entgegenzustrecken, packte der eine Wachsoldat so hart zu, daß John aufstöhnte.
»Herr, da ist etwas in dem Becher! Ich kann es unter dem Wein sehen!« stieß der Mann heiser hervor.
Der Herzog zog die Augenbrauen hoch, ließ sich aber sonst nicht weiter davon beeindrucken. Er wandte den Blick keinen Moment von John ab. »Das ist die Botschaft, vermute ich? Gut, Hans, du hast sie hergebracht. Nun liefere sie auf geziemende Art ab.«
»Herr?« John sah ihn fragend an. Angst überströmte ihn. Der Soldat hielt ihn so fest, daß nicht die geringste Bewegung möglich war. Nein, so durfte sein Vorstoß nicht enden! Der Wolf wäre verloren und sie... Wenn es nun doch kein Traum war und sie nicht rechtzeitig erwachten?
»Du hast anscheinend nicht bedacht, daß meine Pagen das Getränk kosten, bevor sie es mir überreichen«, sagte der Herzog spöttisch. »So, hol es nach. Laß ihn los«, befahl er dem Wachmann, der sofort Johns Arm freigab. »So, und jetzt trink!«
Johns Herz schlug heftig, seine Hände zitterten, aber er spürte eine gewisse Erleichterung. Ja, er hatte das Vorkosten vergessen. Nun konnte er wenigstens beweisen, daß der Wein nicht vergiftet war, und dann würde ihn der Herzog bestimmt fragen, was in dem

Kelch verborgen lag. Ohne zu zögern, hob er den Kelch an den Mund.

Doch bevor er den ersten Schluck nehmen konnte, rief der Herzog der Wache etwas zu, und der Kelch wurde ihm aus der Hand geschlagen. Scheppernd fiel er zu Boden, der Wein floß zwischen des Herzogs Füße, und das Amulett schlug, dumpf klirrend, dicht neben dem Sessel auf. Der Schein des Feuers ließ es aufglänzen.

Plötzlich herrschte völlige Stille. Der Herzog saß wie versteinert da. Der Page und die beiden Wächter rührten sich ebenfalls nicht. Dann griff des Herzogs Hand nach dem Amulett an seiner Brust und schloß sich beinahe ängstlich darum. Er sah John forschend an.

»Herr«, sagte John aufgeregt, »das war die Botschaft! Darf ich nun sprechen?«

Der Herzog unterbrach John nicht ein einziges Mal. Auf ein Zeichen hin hatte Damian das Amulett aufgehoben und seinem Herrn überreicht, der es nun die ganze Zeit über liebevoll hin und her wendete und immer wieder auf die im Feuerschein aufleuchtende Inschrift OTHO – FIDELIS – OTHO starrte. Die beiden Wachen hatten inzwischen bei der Tür Aufstellung genommen.

John kam allmählich zum Ende. Die Worte sprudelten ihm in seiner Erleichterung nur so heraus. »... und meine Schwester ist jetzt unten in dem geheimen Zimmer, das uns der Wolf gezeigt hat. Der Wolf, ich meine Mardian, hat uns versprochen, jede Nacht zu kommen, wenn es ihm irgend möglich ist. Vielleicht ist er schon da. Ach, Herr, wenn Ihr nur mit hinunterginget...« Er schluckte. »Ihr könntet Euch dort hintragen lassen... Er muß bis zum Tagesanbruch ein Wolf bleiben, aber wenn Ihr da wäret, könntet Ihr miterleben, wie er sich in den echten Mardian zurückverwandelt... Oh, ich weiß nicht, was dann geschieht, mein Herr, ob Almerics böser Zauber überhaupt je zu brechen ist. Doch es muß einen Weg geben, ihn außer Kraft zu setzen, denn warum sonst sind meine Schwester und ich hierher geführt worden? Warum sonst ist uns das alles widerfahren, seit wir das Amulett gefunden haben? Ich bin sicher, es birgt den Gegenzauber!«

John machte eine Pause und sah sich im Raum um. Damian hockte, den Mund vor Staunen weit offen, auf seinem Schemel, die Wachen bei der Tür regten sich nicht, die Weinlache schimmerte dunkel im Licht des Kaminfeuers...

Es herrschte eine unerträgliche Spannung. John wandte sich wieder dem Herzog zu, der ihn, den Kopf noch immer in die Hand gestützt, dumpf brütend musterte. Aus seinem Gesicht ließ sich unmöglich ablesen, was er dachte und ob er die Geschichte glaubte.

John merkte, wie er zitterte. Wenn der Herzog ihm nicht vertraute und der Wolf heute nacht nicht zur Burg kam, wer weiß, was für ein Schicksal auf seine Schwester und ihn wartete? Sie waren hergebracht worden, um den bösen Zauber zu brechen. Gelang ihnen das nicht, wer sagte ihnen dann, ob sie auch wirklich in ihre Welt und ihre Zeit zurückkehren konnten?

Die Hand des Herzogs schloß sich plötzlich fest um Mardians Amulett. Er drehte sich zu den Wachen hin. Alle Müdigkeit, Trauer und Krankheit war aus seinen Zügen verflogen. Seine Stimme war fest und bestimmt.

»Ruft den wachhabenden Hauptmann, und weckt meine Ritter. Und auch die Diener, damit sie meinen Sessel tragen. Wir wollen in den Raum hinuntergehen, um zu sehen, was an dieser merkwürdigen Geschichte wahr ist.« Dann wandte er sich an Damian: »Und du sammelst alles ein, was für die Zubereitung meines Schlaftrunks verwendet wird. Den goldenen Krug mit dem Wein, die Kräuter und Gewürze, die Milch, und trägst die Sachen vorsichtig zu meinem Leibarzt, damit er sie untersucht. Außerdem möchte ich wissen, wo Mardian steckt – der Mann, den wir womöglich nur dafür halten, wenn dieser Junge recht hat...!«

Doch keiner wußte es.

Die strengen prüfenden Augen des Herzogs ruhten jetzt wieder auf John. »Du hast mir eine sehr ungewöhnliche Geschichte von Hexerei, Verrat und Heimtücke erzählt. Nur wegen dieses Amuletts, das für mich das Sinnbild für Vertrauen und Treue ist, habe ich dir bis zum Ende geduldig zugehört, und es hat mich geneigt gemacht, deinen Worten Glauben zu schenken. Aber ich kann nicht ohne Beweise etwas gegen Mardian unternehmen, von dem du behauptest, er sei in Wirklichkeit Ritter Almeric. Ist der große Wolf vom Wolfswald tatsächlich ein Werwolf, also durch Zauber zu diesem Los verdammt, so soll er sich unserer Gnade anvertrauen, bis sich die Geschichte als wahr erwiesen hat... oder als Lüge. Dann jedoch hat er sein Leben verwirkt, und auch ihr erhaltet eure gerechte Strafe!«
»Oh, er kann es beweisen. Es ist alles wahr!« rief John erregt. »Wartet nur, Herr, bis der Tag angebrochen ist, und sorgt dafür, daß ihm niemand etwas antut, dann werdet Ihr erleben, daß ich kein Wort erfunden habe. Bitte, Herzog Otho, zögert nicht länger, und laßt Euch sofort hinuntertragen!«
Plötzlich entstand ein großes Durcheinander. Die Tür wurde aufgestoßen, einer der Wächter schrie nach dem Hauptmann und seinen Leuten. Jemand eilte herbei, kniete vor Otho nieder und gürtete ihm sein Schwert um. Dann kamen lärmend einige Diener mit langen Stangen herbeigelaufen, die sie durch Öffnungen am Sessel schoben. Fackeln wurden gebracht, überall ertönten Befehle, und schwere Schritte hallten draußen auf der Treppe und in den Gängen.
Und in all die hektischen Geräusche mischte sich das schrille Geschrei eines Jungen. Kurz darauf stand Justin mit seinem blutverklebten, verschwiemelten Gesicht vor dem Herzog, fiel auf die Knie und hob entsetzt die Hände.
»O Herr! O Herr! Unten im Keller ist der große Wolf! Und der arme Herr Mardian ist bei ihm und kämpft mit ihm! Ich war unten und sah ihn in einem geheimen Zimmer verschwinden. Bald darauf hörte ich Schreie und ein fürchterliches Jaulen und Knurren. O Herr, es ist entsetzlich! Dann öffnete sich die Tür, und ich erkannte

im Halbdunkel Herrn Mardian mit einem Mädchen im Arm und in der anderen Hand ein Messer, mit dem er den großen Wolf abzuwehren suchte! Ja, Herr, das muß der große, graue Wolf vom Wolfswald sein!«

XVI

In der Hand des Zauberers

Unten in dem geheimen Raum schien für einen schier endlosen Augenblick alles erstarrt. Der Wolf hockte wie steinern auf dem Fenstersims, das drohende Knurren und Fauchen war verstummt, und das Zähnefletschen wirkte erstarrt. Margaret konnte sich nicht rühren. Almeric hielt ihr so fest den Mund zu, daß sie kaum atmen konnte. Sie fühlte sich wie in einem Schraubstock. Sein Messer blitzte gefährlich im Schein der Laterne.

Der böse Zauberer war sich seiner Sache anscheinend sicher. Sie spürte, wie sein Herz gleichmäßig und ruhig schlug, und in seiner Stimme schwang nicht die geringste Angst oder Nervosität mit, als er mit dem Wolf sprach.

»So, setz dich brav auf den Sims! Gut so! Und da bleibst du. Wenn du nur irgendwelche Anstalten machst, wieder nach draußen zu springen, kannst du dir ausmalen, was mit dem Kind hier geschieht.«

Der Wolf knurrte, rührte sich aber nicht von der Stelle. Almeric lachte höhnisch. »Du bist wirklich ein gehorsames Biest. Und du, meine Kleine, bist ganz still, wenn ich jetzt die Hand von deinem Mund nehme! Verstanden?«

»Mich würde ja doch niemand hören.« Margarets Worte kamen ganz heiser und unsicher. Sie fuhr sich über die schmerzenden Lippen.

»Das stimmt. Und auch wenn jemand käme und nachschauen würde, was hier los ist, so hätte meine Aussage viel mehr Gewicht als deine, und man würde sicherlich meinen Befehl ausführen und deinen Freund, den Werwolf, töten. Wie recht du hast! Und ich hatte ebenfalls recht, was dich betrifft. Du gehörst zu dem Wolf, er hat dich hergeschickt. Wir werden gleich, du und ich, an einen Ort gehen, wo du mir ungestört alles erzählen wirst, was ich von dir wissen will. Aber zuerst müssen wir dieses wilde Untier dingfest machen, damit wir anschließend noch unseren Spaß daran haben.«

Margaret packte eine entsetzliche Wut. Sie ließ alle Vorsicht beiseite und rief: »Lieber Wolf! Lauf rasch fort. Es ist alles gut! Er kann mir nichts antun! Du weißt das doch. Lauf! Für dich ist es bitterer Ernst, für mich aber nur ein Traum oder Zauber, der wieder vergeht. Ich brauche nur wach zu werden! Lauf! Bitte, Wolf, lauf!«

Ihr war nicht so recht klar, ob ihr wirklich nichts passieren konnte, doch der Wolf schwebte in Lebensgefahr, und sie wollte tapfer sein und alles versuchen, ihn zu retten. Der Griff des Zauberers wurde noch brutaler, und sein hämisches Lachen gellte ihr in den Ohren. Als der Wolf sich nicht rührte, spürte sie eine gewisse Erleichterung. Gemeinsam mit ihm fühlte sie sich doch viel stärker.

Almeric nickte zufrieden. »Gut so. Ich merke, Mardian, Werwolf, du siehst es auf meine Weise. Und da dieses Zimmer hier Geheimnisse enthält, die ich anderen nicht mitteilen möchte, wirst du uns in die Kellergewölbe vorausgehen... Schön langsam, wenn das Mädchen hier unverletzt bleiben soll... so, und jetzt bis zur Kellerecke. Vor der Treppe aber schön brav halt... Keinen Schritt weiter! Du legst dich dort hin!«

Die siegessichere Stimme von Almeric drang bis ins Knochenmark. Es machte ihm eine teuflische Freude, den Wolf mit Befehlen zu überschütten, die dieser scheinbar folgsam ausführte. Nur in seinen goldenen Augen schimmerte der abgrundtiefe Haß auf den gewissenlosen Giftmischer. Noch war nicht alles verloren! Noch war John frei...

Margarets Wut schnürte ihr die Kehle zu. Sie war kurz davor, dem Zauberer gegen das Schienbein zu treten. Doch der Anblick des Wolfes, der trotz dieser Erniedrigung seine Würde bewahrte, und das Funkeln in seinen Augen hielt sie im letzten Moment zurück.

Der Wolf trottete bis zur Ecke des Kellers und legte sich dort, den Kopf auf den Vorderpfoten, ruhig hin. Er wirkte wie ein ruhender

Löwe, die Ohren wachsam aufgerichtet, die goldenen Augen lauernd auf jede Bewegung Almerics geheftet.

Doch der Zauberer war auf der Hut. Er achtete peinlich darauf, keinen Fehler zu machen. Margaret noch immer fest gepackt, ging er an dem Wolf vorbei zur Treppe.

»Wie du siehst, kann dein Freund, der Werwolf, mir nicht mehr entkommen, meine liebe Greta...«, bemerkte er bissig. »Jedenfalls nicht, solange er seine Wolfsgestalt hat. Erst wenn er sich wieder in einen Menschen verwandelt, kann er den Riegel öffnen. Das Spiel ist aus! Und ich erweise dem Herzogtum einen großen Dienst, wenn ich es von der Wolfsplage befreie... Halt still, du kleines Biest! Wenn du mich weiter trittst, bekommst du mein Messer zu spüren. Und du kannst sicher sein, Greta, wenn das hier für dich ein Traum ist, daß du genauso fest darin eingesperrt bist wie der Wolf hier im Keller!«

»Wo schleppt Ihr mich hin?« Margaret hätte so gern mutig geklungen, aber die Töne kamen gequetscht und verängstigt.

»In mein Zimmer, wo uns niemand stört. Wo ich dich befragen kann, ohne daß ich ein wachsames Auge auf diesen reißenden Wolf haben muß.«

»Ich habe Euch bereits alles gesagt. Mehr weiß ich auch nicht.«

»Beide Behauptungen stimmen nicht«, entgegnete er ruhig mit dieser schrecklichen, warmen Stimme von Mardian. »Hast du aufgehört, vernünftig zu sein? Das ist aber nicht sehr klug von dir. Der Werwolf hat dir seine Geschichte erzählt, und du weißt also, wer ich in Wirklichkeit bin. Ich habe die Mittel, um dich zum Sprechen zu bringen. Und da du mich bei meiner Arbeit beobachtet hast, müßtest du wissen, daß ich hier in dem Lederbeutel an meiner Brust ein magisches Pulver trage, das jeden in einen Werwolf verwandelt. Mardians Zauber brauche ich nicht mehr zu erneuern. Er wird tot sein, bevor der Tag anbricht. Aber du, kleine Greta, wie wäre es, wenn du seine Stelle einnehmen würdest?«

Die grauenhafte Vorstellung krampfte Margaret das Herz zusammen. »Nein!« War das ihre Stimme gewesen? Als sie sein Grinsen sah, kannte sie die Antwort. Sie versuchte, sich zum Denken zu zwingen. Wo gab es einen Ausweg für den Wolf und sie? Womit konnte sie Almeric hinhalten oder ablenken? Bis zum Morgengrauen blieben noch viele Stunden, und lange bevor sich der arme Werwolf in einen Mann zurückverwandelt hätte, würden Almerics Männer ihn schon getötet haben. Der einzige – und daran krallten sich all ihre Hoffnungen –, von dem noch Hilfe kommen konnte, war John. Von seiner Existenz wußte der Zauberer mit großer Sicherheit nichts. Wenn sie es jetzt schaffte, Almeric von hier fortzulocken, bevor John kam, würde der den Wolf finden und befreien, und gemeinsam konnten sie durch die schlafende Burg zu Almerics Gemächern schleichen. Dann wäre die Chance für den Wolf gekommen! Und vielleicht sogar der Bann gebrochen!

»Gut! Was wollt Ihr von mir hören?« fragte sie widerstrebend.

»Alles über den Zauber!«

»Was für einen Zauber?« Sie waren jetzt fast an der Treppe angelangt.

Wolf hatte sich nicht vom Fleck gerührt, doch auf einmal hob er den Kopf und bewegte nervös die Ohren, als höre er etwas von irgendwoher.

Und auch sie hatte den Eindruck, als würde sich oben, hinter der Tür am Ende der Treppe, etwas rühren. Sie ließ sich nichts anmerken, aber ihr Herz schlug wild. John! Sie starrte in das Halbdunkel. Nichts. »Was für ein Zauber?« fragte sie patzig.

Almeric schüttelte sie kräftig. »Stell dich nicht dümmer, als du bist! Das Amulett! Hörst du, das Amulett! Das goldene Medaillon, das Mardian dir gegeben haben muß, damit du es Herzog Otho in die Hand drückst. Dieses alberne Geschenk aus der Jugendzeit mit dem albernen Spruch darauf. Das allein kann den Herzog dazu bringen, sich Schauermärchen erzählen zu lassen, die unglaublicher sind als alles, was man Kindern als Bettgeschichten bietet, irgendwelches Gefasel von Werwölfen, dämonischer Magie, Verrat und Mondschein! Warum sonst bist du hier? Und wie könnte Herzog Otho dir, einem Kind, je Gehör schenken, wenn du ihn nicht mit dem Amulett überzeugen würdest?

Also hast du es bei dir! Oder du weißt, wo es ist. Sag es mir! Wo?« Er schüttelte sie.
»Ach, das Ding. Ich wußte gar nicht, daß es ein Zaubermittel ist. Ich habe es nicht!«
»Du hast noch immer nicht begriffen, daß du mich nicht an der Nase herumführen kannst! Sei vorsichtig!« Almerics Stimme klang drohend, und sie fühlte wieder das Messer an ihrer Seite.
»Doch, doch. Warum sollte ich es tun? Ich meinte nur, ich habe es nicht bei mir. Ich habe es nämlich versteckt.«
Sie kamen zu den ersten Stufen der großen, steinernen Treppe. Margaret atmete innerlich auf. Sie würden fort sein, bis John hier auftauchte. Doch zuerst mußte sie dem Wolf noch sagen, wo er sie finden konnte.
Sie drehte sich zu ihm um und sah, daß er jetzt sprungbereit dastand, den Kopf leicht schräg gelegt, die Ohren wachsam gespitzt. Sie kannte diese Haltung von Tray, ihrem Hund, wenn er etwas hören oder riechen konnte, was für Menschen überhaupt noch nicht wahrnehmbar war. Sie nahm sich vor, jetzt ganz laut zu sprechen, damit Wolf alles verstehen konnte und John auf der anderen Seite der Tür gewarnt wäre, daß hier etwas nicht stimmte. Vielleicht würde er sogar den Namen Almeric aufschnappen.
»Herr *Almeric*«, schrie sie beinahe, »Ihr habt vergessen, daß mich der Wolf hergebracht und gebeten hat, dem Herzog das Amulett in die Hand zu geben. Das war letzte Nacht. Aber ich konnte nicht zum Herzog kommen, sondern nur bis zu den Kinderstuben und Frauenräumen, deshalb habe ich, Herr *Almeric*...«
»Hör endlich mit dem Brüllen auf!« fauchte er sie an. »Ja, was weiter?«
»Nach dem Essen«, fuhr Margaret mit unverminderter Lautstärke fort, »als wir uns draußen im Garten – das war der obere Garten, wo die Mädchen spielen – aufhielten, habe ich es unter einem Busch versteckt. Ich habe es vergraben, Herr *Almeric*!«
Sie waren jetzt auf der Hälfte der Treppe. Almeric hatte sich immer wieder nervös nach Wolf umgedreht. »Welchen Busch?«

»Der dritte – oder war es vielleicht der vierte? Jedenfalls nicht weit von einer Art steinernem Topf...«

»Welche der Steinvasen?«

»Ach, gibt es mehrere da oben? Ich habe das gar nicht gemerkt. Aber ich finde es wieder, wenn wir jetzt hingehen, Herr *Almeric...*«

Dann hörte sie ganz deutlich, was Wolf schon längst gemerkt hatte. Jenseits der großen Tür kam jemand! Nein, das durfte nicht sein! John würde im letzten Augenblick Almeric in die Arme laufen. Ahnungslos näherte er sich, das wertvolle Amulett in der Tasche an seinem Gürtel, und der teuflische Zauberer würde es ihm gleich hohnlachend abnehmen und sie alle vernichten! Sie schrie, so laut sie konnte: *»Nein, nein, nein, Almeric ist hier, Almeric ist hier*!«

Wieder legte sich die harte Hand über ihren Mund und erstickte weitere Worte. Doch im selben Moment wurde ihr bewußt, daß sich nicht nur eine Person, sondern eine ganze Schar von Leuten nähern mußte. Und es war auch kein Schwatzen und Lachen und kein unregelmäßiges Trappeln von vielen Füßen, sondern der feste, gleichförmige Tritt einer Truppe von Wächtern oder Soldaten.

Da wurde die Tür aufgestoßen und bewaffnete Männer in Kettenhemden mit Spießen, Schwertern und Dolchen quollen ihnen entgegen.

XVII

Verwandlung im Morgengrauen

Für die Soldaten und Ritter des Herzogs war Margarets Schrei die Bestätigung von Justins Worten.
Dort, mitten auf der Treppe zum Keller, stand der Mann, den sie alle als Mardian kannten. Er hielt ein Mädchen beschützend im Arm und sah – nur mit einem Messer bewaffnet – dem drohenden, sprungbereiten, großen Wolf mutig ins Auge. Und dieses gefährliche Untier mußte tatsächlich der lange vermißte Almeric sein, denn das Mädchen hatte ja voller Angst seinen Namen herausgeschrien.
Almeric hatte sich nach dem ersten Schrecken über die anrückende Mannschaft rasch erholt und geistesgegenwärtig wie in Abwehr zu dem Wolf herumgedreht. Margaret fest umklammert, die eine Hand immer noch über ihrem Mund, wich er rückwärts eine Stufe nach oben und rief mit gespieltem Entsetzen: »Zu Hilfe! Zu Hilfe! Das Biest ist über den Burggraben gesprungen und eingedrungen. Um ein Haar hätte er das arme Kind getötet!« Für die Nachdrängenden sah es im flackernden Licht der Fackeln wirklich so aus, als würde er das Mädchen vor dem Untier schützen. »Es ist der große Wolf vom Wolfswald! Tötet ihn und befreit das Land endlich von dieser schlimmsten aller Plagen!«
Schwerter wurden aus der Scheide gezogen, Spieße blitzten auf, und die ersten Männer liefen an dem Zauberer und Margaret vorbei zu dem Wolf.
»*Nein*!« ertönte plötzlich ein Jungenschrei.
Und im selben Moment befahl auch der Herzog von seiner Sänfte aus: »Halt! Steckt die Schwerter weg und senkt die Spieße und Speere!«
Kaum hatte der Herzog das gerufen, fuhr Almeric erschrocken

zusammen und drehte sich zur Tür um. Dabei lockerte sich sein Griff ein wenig, und Margaret nutzte die Gelegenheit, um sich loszureißen. Wolf spannte seine Muskeln und setzte zum tödlichen Sprung auf seinen Feind an.

Auch wenn es der dämonische Magier verdient hatte, durfte es keinenfalls soweit kommen. Denn sofort würden sich die Männer auf ihn stürzen und ihn mit ihren Spießen durchbohren. Margaret mußte sich dazwischenwerfen, bevor es zu spät war.

»*Nein, nein, Wolf! Bleib stehen*!« rief sie flehentlich, stürzte dem Wolf entgegen, kniete neben ihm nieder und schlang ihm ihre Arme fest um den Hals.

Und wirklich. Es gelang ihr, vor aller Augen, den großen, wilden Wolf zu besänftigen. Er entspannte sich, die Nackenhaare waren nicht länger gesträubt, und das gefährliche Glimmen verschwand aus seinen Augen. Er senkte den Kopf. Als die Diener den Sessel des Herzogs unten an der Treppe absetzten, legte er sich vor Otho auf den Boden, den Kopf direkt zu Füßen seines Herrn.

Es herrschte atemlose Stille.

Plötzlich durchbrochen von Almeric: »Üble Zauberei! Das ist alles Dämonenwerk! Dieses Mädchen ist eine Hexe! Ich habe sie in dem Raum jenseits des Kellers entdeckt – in Eurem Raum, Otho –, wo sie gerade unheilvolle Tränke braute. Ich kann Euch alles zeigen. Ihr braucht nicht länger nach den Ursachen für Eure Leiden zu suchen.«

»Ich bin ebenfalls überzeugt, daß Zauberei im Spiel ist«, sagte der Herzog. »Wir werden bald den Beweis für die grauenhaften Vorgänge haben.« Er wandte sich an Margaret: »Komm her, mein Kind.«

Es hatte sehr freundlich geklungen, Margaret stand auf. Ihr zitterten die Knie. Sie ging zu John und zog ihn zum Sessel des Herzogs.

»Er hat es. Er glaubt uns! Bald ist alles in Ordnung«, flüsterte er ihr ins Ohr.

Hand in Hand traten sie vor Otho, der in seinem schwarzen Mantel in dem goldenen Sessel sehr würdevoll und feierlich aussah.

Die Kinder bebten innerlich, denn sie fühlten, daß jetzt die Entscheidung über das Schicksal des Wolfes fallen würde. Und vielleicht war es – ob Traum oder Zauber – auch irgendwie das ihre...

Der Herzog betrachtete lange Zeit sehr nachdenklich den Wolf zu seinen Füßen. Sein Gesicht war leichenblaß, aber völlig ausdruckslos. Als er endlich sprach, kamen seine Worte leise, beherrscht und höflich.

»Ihr werdet der Hexerei beschuldigt, Mardian. Die Wahrheit wird sich zeigen. Ihr werdet, zusammen mit den Kindern und dem Untier, einer Prüfung unterzogen!« Dann neigte er sich zu dem Wolf und sagte: »Und wenn du tatsächlich das bist, was die Kinder mir versichert haben, brauchst du nichts zu befürchten. Doch meine Leute haben große Angst vor dir, und ich muß dich deshalb bis zum Morgen fesseln lassen. Bringt Stricke und Ketten für den Wolf und den Mann!«

Bei diesen Worten lief Almeric zornrot an und protestierte heftig. Doch es half ihm nicht. Schon traten Soldaten hinzu und packten seine Arme. Andere brachten Ketten und banden ihn. Doch sie taten es nicht ohne Achtung und Ehrfurcht, denn für sie war er immer noch Mardian, der edle Freund des Herzogs. Die Männer, die den Wolf zu binden hatten, näherten sich ihm nur zögernd, und obwohl er sich nicht im geringsten widersetzte, zitterten den sonst so draufgängerischen Gesellen die Hände doch sehr. Und wohl aus ihrer Angst und aus Feindschaft heraus – schließlich war der Wolf der Widersacher von Mardian – gingen sie dabei sehr unsanft mit ihm um. Die Kinder litten, und als sie zum Herzog sahen, fanden sie Mitgefühl in seinem Gesicht. Seine Hand umklammerte das Amulett.

Als beide gefesselt waren, sagte er: »Wir gehen jetzt gemeinsam in den Garten und warten dort bis zum Tagesanbruch. Die ersten Stunden der Sonne werden die Wahrheit zeigen. Die Kinder bleiben so lange bei mir!«

Sie begaben sich alle zu der Terrasse, auf der Margaret Almeric mit dem Prinzen gesehen und belauscht hatte. Draußen herrschte

tiefe, finstere Nacht. Die Diener mit den Fackeln nahmen an der Mauer zum oberen Garten Aufstellung. Der Rauch stieg zu den Myrtensträuchern hoch. Zwei Pfauen wurden aus ihrem Schlaf aufgeschreckt und flatterten beim Anblick des riesigen Wolfes heftig schreiend davon. An der unteren Mauer standen kleine Orangenbäume in steinernen Kübeln. Sie verströmten einen wundervollen süßen Duft.
Die Diener stellten den Sessel des Herzogs so ab, daß er zur Brüstung sah. Niemand sprach. Alles wartete. Gespannt. Ungeduldig. Was würde der Morgen wohl bringen?
Einmal wandte sich Almeric an den Herzog, als wolle er etwas zu ihm sagen, aber Otho gebot ihm zu schweigen.
»Freund, ich bitte Euch, wartet, was der Tag uns bringt. Was müßt Ihr sprechen, wenn Ihr wirklich Mardian seid? Ihr habt dann nichts zu befürchten. Und zeigt es sich, daß Ihr die Wahrheit gesagt habt, dann bekommt Ihr genügend Gelegenheit, mit mir zu sprechen, und ich versichere Euch, große Belohnungen werden Euch zuteil werden für die erlittene Schmach, und weil Ihr den Wolf überwältigt habt!«
Dem Zauberer blieb nichts anderes übrig, als zähneknirschend zu schweigen. Er hielt die gefesselten Hände vor der Brust und fingerte nach etwas. Dabei bewegte er die Lippen, als murmele er irgendwelche magischen Sprüche.
Irgendwann unten im Dorf krähte ein Hahn.
Der Wolf hob den Kopf. Seine Ketten klirrten. Seine goldenen Augen leuchteten wild. Almeric wich erschrocken zurück, als fürchte er sich.
Die Kinder sahen sich an. Sie erinnerten sich an die grauenhafte Verwandlung, die sie in Wolfs Hütte durch die Tür miterlebt hatten, und wie schmerzhaft und schamvoll das für ihn gewesen war. Der Wechsel von Wolf zu Mensch war vielleicht weniger schrecklich und nicht ganz so demütigend. Aber er hatte ja keine Kleider!
»Geh hin und sag es ihm«, flüsterte Margaret und schob ihren Bruder von sich weg.

John trat dichter an den Herzog heran und raunte ihm etwas zu. Otho lächelte, entledigte sich, ohne zu zögern, seines schwarzen, pelzgefütterten Mantels und gab ihn John. Einer der Diener schüttelte mißbilligend den Kopf und legte Otho seinen eigenen Umhang als Schutz vor der Nachtkälte über. John lief zu dem Wolf und warf den wundervollen Mantel so über ihn, daß gerade noch der Kopf herausschaute.
Wieder krähte der Hahn. Die Sterne wurden blasser, und am Horizont zeigte sich der erste helle Streifen.
Die Diener löschten die Fackeln. Rauchwölkchen kräuselten zum Himmel, der sich allmählich rotgelb färbte. Und dann stieg die Sonne als großer roter Ball hinter den Wäldern auf.
Ihre Strahlen blendeten die übernächtigten Leute auf der Terrasse. Sie rieben sich die Augen und blinzelten zu dem Wolf hinüber. Einen Moment sahen sie nichts, und dann geschah es blitzschnell...
Die Ketten fielen rasselnd zu Boden... Doch nicht nur die des Wolfes, sondern auch die von Almeric...
Und auf einmal gab es keinen Wolf mehr. Da, wo die riesige Bestie unter dem Mantel gelegen hatte, erhob sich jetzt – groß und wohlgestaltet – Mardian, das herzogliche Kleidungsstück würdevoll um die Schulter gelegt. Wenige Schritte von ihm entfernt stand der falsche Mardian, in Gesicht und Figur ein Spiegelbild des anderen. Seine Hände umklammerten den kleinen Lederbeutel an seiner Brust, aus dem ein weißes Pulver rann. Panische Angst entstellte seine Züge, als er feststellte, daß er das feine Rinnsal nicht aufhalten konnte. Das weiße geheimnisvolle Pulver ergoß sich über seine Kleidung und seine Füße. Wie von Wahnsinn geschüttelt, begann er zu toben, verkrallte die Finger in den Beutel, raufte sich das Haar, riß den Mund zu einem Schrei auf, der jedoch schon in der Kehle verstummte. Überall dort, wo das Pulver in das vom Tau feuchte Gras fiel, stiegen plötzlich kleine, giftig gelbe Rauchwolken auf.
Einen kurzen Moment standen sich die beiden Mardians Auge in Auge gegenüber. Dann warf der Zauberer den Kopf mit einem

Ruck in den Nacken und stieß einen entsetzlichen Schrei aus, der in ein jämmerliches Jaulen überging. Aus angstgeweiteten Augen starrten ihn die Leute an.
Und da begann er kleiner zu werden, zu schrumpfen, und sank vor die Füße des echten Mardian hin.
»Packt ihn!« befahl der Herzog knapp.
Die Männer stürzten sich auf Almeric, doch sie griffen ins Leere. Von Ritter Almeric war nur noch ein Flecken von verbranntem Gras, ein Häufchen Kleidung und das lange Messer zurückgeblieben. Verblüfft wirbelten sie herum und sahen noch, wie ein grauer Schatten über die Brüstung setzte, und kurz darauf platschte es im Burggraben. Alles stürzte zur Mauer und blickte suchend nach unten. Da entdeckten sie auf der anderen Seite einen großen Wolf, der in Richtung Wald eilte.
Von weitem erklangen Hörner. Prinz Crispin und seine Leute waren wieder zur Jagd ausgeritten. Und auf einmal mischte sich in die Hörnerrufe und das Hufgetrappel ein fürchterlicher Schrei...
Die Stimmen auf der Terrasse verstummten. Sogar den mutigsten Männern standen die Haare zu Berge. Margaret und John klammerten sich aneinander. Nur Mardian und der Herzog wirkten ruhig. Sie sahen sich tief in die Augen. Und dann trat Mardian ganz dicht an seinen Herrn heran, reichte ihm beide Hände und murmelte etwas.
Da geschah das Wunder. Der Herzog erhob sich, als sei er nie gelähmt gewesen. Mardian kniete vor ihm nieder, und Otho beugte, sich feierlich zu ihm hinab und legte ihm ein zweites Mal das Amulett, das Zeichen der Treue und des Vertrauens, um und küßte ihn auf die Stirn.
Unten vom Burgweg her drang Hufgetrappel und Triumphgeschrei zur Terrasse herauf. Die Jagdgesellschaft kehrte zurück. In ihrer Mitte trugen sie, an einer langen Stange aufgehängt, einen riesigen, grauen Wolf. Herzog Otho stand oben an der Brüstung und winkte zu seinem Sohn hinab.
»Vater!« schrie Prinz Crispin. »Du kannst ja wieder laufen! Du

bist geheilt! Siehst du, wir haben den Wolf! Jetzt ist alles wieder gut!«

Er sprengte im Galopp in den Burghof, sprang vom Pferd und stürzte zur Terrasse hoch.

Verwirrt sah er Mardian, in den herzoglichen Mantel gehüllt und barfüßig, Hand in Hand mit seinem Vater stehen. Und wenige Schritte weiter entdeckte er die Kleider des Mannes den er für Mardian gehalten hatte. Leichter Rauch stieg, sich kräuselnd, vor ihnen auf.

Crispin kniete hin, und sein Blick wanderte fragend von einem zum anderen. »Vater, edler Mardian, erklärt mir, was hier vorgegangen ist...«

Doch keiner antwortete. Mardian schüttelte den Kopf und Tränen rannen seine Wangen herunter... Die Tränen der Freude!

XVIII

Abschied

Die Kinder gingen über die Zugbrücke. Das Wasser im Burggraben schimmerte golden im Abendlicht. Sie waren müde und völlig benommen vom vielen Feiern und all der Freude und dem Glück, das sie in der Burg erlebt hatten. Vor ihnen lag der Weg und die im Sonnenlicht in den verschiedensten Grüntönen schimmernden Wipfel der Fichten und Tannen vom Wolfswald. Sie drehten sich zum Abschied noch einmal um.

Mardian stand am anderen Ende der Brücke unter dem Tor. Er hob die Hand und winkte. Musik tönte aus der Burg, die Zinnen waren bunt mit Fahnen geschmückt. Kein Stein fehlte. Vom höchsten Turm wehte das Banner des Herzogs.

»Margaret! John!« Vom Wolfswald her drangen Stimmen zu den Kindern herüber.

Sie warfen einen letzten Blick auf die im Glanz der Sonne fast golden wirkende, prächtige Burg.

»Auf, auf! Es ist Zeit, zurückzukehren!«

Sie rannten und rannten, bis sie die Straße erreichten. Der Asphalt dampfte in der Hitze, und die Sonne brach sich auf der Windschutzscheibe des Autos, das dort in der Parkbucht stand.

Sie liefen den Pfad zur Lichtung hinunter. Der Wegweiser erhob sich windschief an seinem alten Platz. Die Mutter packte die Reste in den Picknickkorb, und der Vater rollte seine Decke zusammen.

Verwundert rieben sie sich die Augen. Weit unten zwischen den Wipfeln erhob sich auf dem felsigen Hügel die Burgruine, und die zerfallenen Türme und Mauern ragten in den dunkelroten Abendhimmel auf.

CUM GRANO SALIS